MEER VAN HETZELFDE

MEER VAN HETZELFDE

Some Author

MMXVI
Armchair Adventure
Bodegraven, THE NETHERLANDS

Meer van hetzelfde / Some Author. - Bodegraven : Armchair Adventure, 2016. - 116 p. ; 23 cm. - (Armchair Adventure Publication ; 2).
ISBN 978-90-825194-1-9
Originele titel: More of the Same.

Verkrijgbaar via lulu.com.
Ook beschikbaar in het Engels, Duits, Frans en Spaans.

Inhoud

Hoofdstuk I   7

Hoofdstuk II   25

Hoofdstuk III   42

Hoofdstuk IV   59

Hoofdstuk V   76

Hoofdstuk VI   95

Hoofdstuk VII   111

Hoofdstuk I

Meer van hetzelfde. Meer van hetzelfde. Meer van hetzelfde. Meer van het-
zelfde. Meer van hetzelfde. Meer van hetzelfde. Meer van hetzelfde. Meer
van hetzelfde. Meer van hetzelfde. Meer van hetzelfde. Meer van hetzelfde.
Meer van hetzelfde. Meer van hetzelfde. Meer van hetzelfde. Meer van het-
zelfde. Meer van hetzelfde. Meer van hetzelfde. Meer van hetzelfde. Meer
van hetzelfde. Meer van hetzelfde. Meer van hetzelfde. Meer van hetzelfde.
Meer van hetzelfde. Meer van hetzelfde. Meer van hetzelfde. Meer van het-
zelfde. Meer van hetzelfde. Meer van hetzelfde. Meer van hetzelfde. Meer
van hetzelfde. Meer van hetzelfde. Meer van hetzelfde. Meer van hetzelfde.
Meer van hetzelfde. Meer van hetzelfde. Meer van hetzelfde. Meer van het-
zelfde. Meer van hetzelfde. Meer van hetzelfde. Meer van hetzelfde. Meer
van hetzelfde. Meer van hetzelfde.
Meer van hetzelfde. Meer van hetzelfde. Meer van hetzelfde. Meer van het-
zelfde. Meer van hetzelfde. Meer van hetzelfde. Meer van hetzelfde. Meer
van hetzelfde. Meer van hetzelfde. Meer van hetzelfde. Meer van hetzelfde.
Meer van hetzelfde. Meer van hetzelfde. Meer van hetzelfde. Meer van het-
zelfde. Meer van hetzelfde. Meer van hetzelfde. Meer van hetzelfde. Meer
van hetzelfde. Meer van hetzelfde. Meer van hetzelfde. Meer van hetzelfde.
Meer van hetzelfde. Meer van hetzelfde. Meer van hetzelfde. Meer van het-
zelfde. Meer van hetzelfde. Meer van hetzelfde. Meer van hetzelfde. Meer
van hetzelfde. Meer van hetzelfde. Meer van hetzelfde. Meer van hetzelfde.
Meer van hetzelfde. Meer van hetzelfde. Meer van hetzelfde. Meer van het-
zelfde. Meer van hetzelfde. Meer van hetzelfde. Meer van hetzelfde. Meer
van hetzelfde. Meer van hetzelfde. Meer van hetzelfde. Meer van hetzelfde.
Meer van hetzelfde. Meer van hetzelfde. Meer van hetzelfde. Meer van het-
zelfde. Meer van hetzelfde. Meer van hetzelfde. Meer van hetzelfde. Meer
van hetzelfde. Meer van hetzelfde. Meer van hetzelfde. Meer van hetzelfde.

Meer van hetzelfde. Meer van hetzelfde.

Meer van hetzelfde. Meer van hetzelfde.

Meer van hetzelfde. Meer

van hetzelfde. Meer van hetzelfde.

Meer van hetzelfde. Meer van hetzelfde.

Meer van hetzelfde. Meer van hetzelfde. Meer van hetzelfde. Meer van het-
zelfde. Meer van hetzelfde. Meer van hetzelfde. Meer van hetzelfde. Meer

van hetzelfde. Meer van hetzelfde.

Meer van hetzelfde. Meer van hetzelfde.

Meer van hetzelfde. Meer van

hetzelfde. Meer van hetzelfde. Meer van hetzelfde. Meer van hetzelfde. Meer van hetzelfde. Meer van hetzelfde. Meer van hetzelfde. Meer van hetzelfde. Meer van hetzelfde. Meer van hetzelfde. Meer van hetzelfde.

Meer van hetzelfde. Meer van hetzelfde.

Meer van hetzelfde. Meer

van hetzelfde. Meer van hetzelfde.

Meer van hetzelfde. Meer van hetzelfde.

Meer van hetzelfde. Meer van het-

zelfde. Meer van hetzelfde. Meer van hetzelfde. Meer van hetzelfde. Meer
van hetzelfde. Meer van hetzelfde. Meer van hetzelfde. Meer van hetzelfde.
Meer van hetzelfde. Meer van hetzelfde. Meer van hetzelfde. Meer van het-
zelfde. Meer van hetzelfde. Meer van hetzelfde. Meer van hetzelfde. Meer
van hetzelfde. Meer van hetzelfde. Meer van hetzelfde. Meer van hetzelfde.
Meer van hetzelfde.

Meer van hetzelfde. Meer van hetzelfde. Meer van hetzelfde. Meer van het-
zelfde. Meer van hetzelfde. Meer van hetzelfde. Meer van hetzelfde. Meer
van hetzelfde. Meer van hetzelfde. Meer van hetzelfde. Meer van hetzelfde.
Meer van hetzelfde. Meer van hetzelfde. Meer van hetzelfde. Meer van het-
zelfde. Meer van hetzelfde. Meer van hetzelfde. Meer van hetzelfde. Meer van
hetzelfde. Meer van hetzelfde. Meer van hetzelfde. Meer van hetzelfde. Meer
van hetzelfde. Meer van hetzelfde. Meer van hetzelfde. Meer van hetzelfde.
Meer van hetzelfde. Meer van hetzelfde. Meer van hetzelfde. Meer van het-
zelfde. Meer van hetzelfde. Meer van hetzelfde. Meer van hetzelfde. Meer van
hetzelfde. Meer van hetzelfde. Meer van hetzelfde. Meer van hetzelfde. Meer
van hetzelfde. Meer van hetzelfde. Meer van hetzelfde. Meer van hetzelfde.
Meer van hetzelfde. Meer van hetzelfde.

Meer van hetzelfde. Meer van hetzelfde. Meer van hetzelfde. Meer van het-
zelfde. Meer van hetzelfde. Meer van hetzelfde. Meer van hetzelfde. Meer
van hetzelfde. Meer van hetzelfde. Meer van hetzelfde. Meer van hetzelfde.
Meer van hetzelfde. Meer van hetzelfde. Meer van hetzelfde. Meer van het-
zelfde. Meer van hetzelfde. Meer van hetzelfde. Meer van hetzelfde. Meer
van hetzelfde. Meer van hetzelfde. Meer van hetzelfde. Meer van hetzelfde.
Meer van hetzelfde. Meer van hetzelfde. Meer van hetzelfde. Meer van het-
zelfde. Meer van hetzelfde. Meer van hetzelfde. Meer van hetzelfde. Meer van
hetzelfde. Meer van hetzelfde. Meer van hetzelfde. Meer van hetzelfde. Meer
van hetzelfde. Meer van hetzelfde. Meer van hetzelfde. Meer van hetzelfde.
Meer van hetzelfde. Meer van hetzelfde. Meer van hetzelfde. Meer van het-
zelfde. Meer van hetzelfde. Meer van hetzelfde. Meer van hetzelfde. Meer van
hetzelfde. Meer van hetzelfde. Meer van hetzelfde. Meer van hetzelfde. Meer
van hetzelfde. Meer van hetzelfde. Meer van hetzelfde. Meer van hetzelfde.
Meer van hetzelfde. Meer van hetzelfde.

Meer van hetzelfde. Meer van hetzelfde. Meer van hetzelfde. Meer van het-
zelfde. Meer van hetzelfde. Meer van hetzelfde. Meer van hetzelfde. Meer
van hetzelfde. Meer van hetzelfde. Meer van hetzelfde. Meer van hetzelfde.
Meer van hetzelfde. Meer van hetzelfde. Meer van hetzelfde. Meer van het-
zelfde. Meer van hetzelfde. Meer van hetzelfde. Meer van hetzelfde. Meer
van hetzelfde. Meer van hetzelfde. Meer van hetzelfde. Meer van hetzelfde.

Meer van hetzelfde. Meer van hetzelfde. Meer van hetzelfde. Meer van hetzelfde. Meer van hetzelfde. Meer van hetzelfde. Meer van hetzelfde. Meer van hetzelfde. Meer van hetzelfde. Meer van hetzelfde. Meer van hetzelfde. Meer van hetzelfde. Meer van hetzelfde. Meer van hetzelfde. Meer van hetzelfde. Meer van hetzelfde. Meer van hetzelfde. Meer van hetzelfde. Meer van hetzelfde.

Meer van hetzelfde. Meer van hetzelfde.

Meer van hetzelfde. Meer van hetzelfde. Meer van hetzelfde. Meer van hetzelfde. Meer van hetzelfde. Meer van hetzelfde. Meer van hetzelfde. Meer van hetzelfde. Meer van hetzelfde. Meer van hetzelfde. Meer van hetzelfde. Meer van hetzelfde.

Meer van hetzelfde. Meer van hetzelfde.

Meer van hetzelfde. Meer van hetzelfde.

Meer van hetzelfde. Meer van hetzelfde. Meer van hetzelfde. Meer van het-
zelfde. Meer van hetzelfde. Meer van hetzelfde. Meer van hetzelfde. Meer
van hetzelfde. Meer van hetzelfde. Meer van hetzelfde. Meer van hetzelfde.
Meer van hetzelfde. Meer van hetzelfde. Meer van hetzelfde. Meer van het-
zelfde. Meer van hetzelfde. Meer van hetzelfde. Meer van hetzelfde. Meer
van hetzelfde. Meer van hetzelfde. Meer van hetzelfde. Meer van hetzelfde.
Meer van hetzelfde. Meer van hetzelfde. Meer van hetzelfde. Meer van het-
zelfde. Meer van hetzelfde. Meer van hetzelfde. Meer van hetzelfde. Meer
van hetzelfde. Meer van hetzelfde. Meer van hetzelfde. Meer van hetzelfde.
Meer van hetzelfde. Meer van hetzelfde. Meer van hetzelfde. Meer van het-
zelfde. Meer van hetzelfde. Meer van hetzelfde. Meer van hetzelfde. Meer
van hetzelfde. Meer van hetzelfde. Meer van hetzelfde. Meer van hetzelfde.
Meer van hetzelfde. Meer van hetzelfde. Meer van hetzelfde. Meer van het-
zelfde. Meer van hetzelfde. Meer van hetzelfde. Meer van hetzelfde. Meer
van hetzelfde. Meer van hetzelfde. Meer van hetzelfde. Meer van hetzelfde.
Meer van hetzelfde. Meer van hetzelfde. Meer van hetzelfde. Meer van het-
zelfde. Meer van hetzelfde. Meer van hetzelfde. Meer van hetzelfde. Meer
van hetzelfde. Meer van hetzelfde. Meer van hetzelfde. Meer van hetzelfde.
Meer van hetzelfde. Meer van hetzelfde. Meer van hetzelfde. Meer van het-
zelfde. Meer van hetzelfde. Meer van hetzelfde. Meer van hetzelfde. Meer
van hetzelfde. Meer van hetzelfde. Meer van hetzelfde. Meer van hetzelfde.
Meer van hetzelfde.
Meer van hetzelfde. Meer van hetzelfde. Meer van hetzelfde. Meer van het-
zelfde. Meer van hetzelfde. Meer van hetzelfde. Meer van hetzelfde. Meer
van hetzelfde. Meer van hetzelfde. Meer van hetzelfde. Meer van hetzelfde.
Meer van hetzelfde. Meer van hetzelfde. Meer van hetzelfde. Meer van het-
zelfde. Meer van hetzelfde. Meer van hetzelfde. Meer van hetzelfde. Meer
van hetzelfde. Meer van hetzelfde. Meer van hetzelfde. Meer van hetzelfde.
Meer van hetzelfde. Meer van hetzelfde. Meer van hetzelfde. Meer van het-
zelfde. Meer van hetzelfde. Meer van hetzelfde. Meer van hetzelfde. Meer van
hetzelfde. Meer van hetzelfde. Meer van hetzelfde. Meer van hetzelfde. Meer
van hetzelfde. Meer van hetzelfde. Meer van hetzelfde. Meer van hetzelfde.
Meer van hetzelfde. Meer van hetzelfde. Meer van hetzelfde. Meer van het-
zelfde. Meer van hetzelfde. Meer van hetzelfde. Meer van hetzelfde. Meer van
hetzelfde. Meer van hetzelfde. Meer van hetzelfde. Meer van hetzelfde. Meer
van hetzelfde. Meer van hetzelfde. Meer van hetzelfde. Meer van hetzelfde
Meer van hetzelfde. Meer van hetzelfde.
Meer van hetzelfde. Meer van hetzelfde. Meer van hetzelfde. Meer van het-
zelfde. Meer van hetzelfde. Meer van hetzelfde. Meer van hetzelfde. Meer
van hetzelfde. Meer van hetzelfde. Meer van hetzelfde. Meer van hetzelfde.
Meer van hetzelfde. Meer van hetzelfde. Meer van hetzelfde. Meer van het-
zelfde. Meer van hetzelfde. Meer van hetzelfde. Meer van hetzelfde. Meer

van hetzelfde. Meer van hetzelfde.

Meer van hetzelfde. Meer van hetzelfde.

Meer van hetzelfde. Meer van hetzelfde.

Meer van hetzelfde. Meer

van hetzelfde. Meer van hetzelfde. Meer van hetzelfde. Meer van hetzelfde. Meer van hetzelfde. Meer van hetzelfde.
Meer van hetzelfde. Meer van hetzelfde.
Meer van hetzelfde. Meer van hetzelfde.
Meer van hetzelfde. Meer van hetzelfde.
Meer van hetzelfde. Meer van hetzelfde. Meer van hetzelfde. Meer van het-zelfde. Meer van hetzelfde. Meer van hetzelfde. Meer van hetzelfde. Meer van hetzelfde. Meer van hetzelfde. Meer van hetzelfde. Meer van hetzelfde.
Meer van hetzelfde. Meer van hetzelfde. Meer van hetzelfde. Meer van het-

zelfde. Meer van hetzelfde.

Meer van hetzelfde. Meer van hetzelfde.

Meer van hetzelfde. Meer van hetzelfde.

Meer van hetzelfde. Meer van hetzelfde. Meer van hetzelfde. Meer van hetzelfde. Meer van hetzelfde. Meer van hetzelfde. Meer van hetzelfde. Meer van hetzelfde. Meer van hetzelfde. Meer van hetzelfde. Meer van hetzelfde. Meer van hetzelfde. Meer van hetzelfde. Meer van hetzelfde. Meer van hetzelfde. Meer van hetzelfde. Meer van hetzelfde. Meer van het-

zelfde. Meer van hetzelfde.

Meer van hetzelfde. Meer van hetzelfde.

Meer van hetzelfde. Meer van hetzelfde. Meer van hetzelfde. Meer van hetzelfde. Meer van hetzelfde. Meer van hetzelfde. Meer van hetzelfde. Meer van hetzelfde. Meer van hetzelfde. Meer van hetzelfde. Meer van hetzelfde. Meer van hetzelfde.

zelfde. Meer van hetzelfde. Meer van hetzelfde. Meer van hetzelfde. Meer van hetzelfde. Meer van hetzelfde.

Meer van hetzelfde. Meer van hetzelfde. Meer van hetzelfde. Meer van hetzelfde. Meer van hetzelfde. Meer van hetzelfde. Meer van hetzelfde. Meer van hetzelfde. Meer van hetzelfde. Meer van hetzelfde. Meer van hetzelfde. Meer van hetzelfde. Meer van hetzelfde.

Meer van hetzelfde. Meer van hetzelfde.

Meer van hetzelfde. Meer van hetzelfde.

Meer van hetzelfde. Meer van hetzelfde. Meer van hetzelfde. Meer van het-
zelfde. Meer van hetzelfde. Meer van hetzelfde. Meer van hetzelfde. Meer
van hetzelfde. Meer van hetzelfde.

Meer van hetzelfde. Meer van hetzelfde. Meer van hetzelfde. Meer van het-
zelfde. Meer van hetzelfde. Meer van hetzelfde. Meer van hetzelfde. Meer
van hetzelfde. Meer van hetzelfde. Meer van hetzelfde. Meer van hetzelfde.
Meer van hetzelfde. Meer van hetzelfde. Meer van hetzelfde. Meer van het-
zelfde. Meer van hetzelfde. Meer van hetzelfde. Meer van hetzelfde. Meer
van hetzelfde. Meer van hetzelfde. Meer van hetzelfde. Meer van hetzelfde.
Meer van hetzelfde. Meer van hetzelfde. Meer van hetzelfde. Meer van het-
zelfde. Meer van hetzelfde. Meer van hetzelfde. Meer van hetzelfde. Meer
van hetzelfde. Meer van hetzelfde. Meer van hetzelfde. Meer van hetzelfde.
Meer van hetzelfde. Meer van hetzelfde. Meer van hetzelfde. Meer van het-
zelfde. Meer van hetzelfde. Meer van hetzelfde. Meer van hetzelfde. Meer
van hetzelfde. Meer van hetzelfde. Meer van hetzelfde. Meer van hetzelfde.
Meer van hetzelfde.

Meer van hetzelfde. Meer van hetzelfde. Meer van hetzelfde. Meer van het-
zelfde. Meer van hetzelfde. Meer van hetzelfde. Meer van hetzelfde. Meer
van hetzelfde. Meer van hetzelfde. Meer van hetzelfde. Meer van hetzelfde.
Meer van hetzelfde. Meer van hetzelfde. Meer van hetzelfde. Meer van het-
zelfde. Meer van hetzelfde. Meer van hetzelfde. Meer van hetzelfde. Meer
van hetzelfde. Meer van hetzelfde. Meer van hetzelfde. Meer van hetzelfde.
Meer van hetzelfde. Meer van hetzelfde. Meer van hetzelfde. Meer van het-
zelfde. Meer van hetzelfde. Meer van hetzelfde. Meer van hetzelfde. Meer
van hetzelfde. Meer van hetzelfde. Meer van hetzelfde. Meer van hetzelfde.
Meer van hetzelfde. Meer van hetzelfde. Meer van hetzelfde. Meer van het-
zelfde. Meer van hetzelfde. Meer van hetzelfde. Meer van hetzelfde. Meer
van hetzelfde. Meer van hetzelfde. Meer van hetzelfde. Meer van hetzelfde.
Meer van hetzelfde. Meer van hetzelfde. Meer van hetzelfde. Meer van het-
zelfde. Meer van hetzelfde. Meer van hetzelfde. Meer van hetzelfde. Meer
van hetzelfde. Meer van hetzelfde. Meer van hetzelfde. Meer van hetzelfde.
Meer van hetzelfde. Meer van hetzelfde. Meer van hetzelfde. Meer van hetzelfde.
Meer van hetzelfde. Meer van hetzelfde. Meer van hetzelfde.

Meer van hetzelfde. Meer van hetzelfde. Meer van hetzelfde. Meer van het-
zelfde. Meer van hetzelfde. Meer van hetzelfde. Meer van hetzelfde. Meer
van hetzelfde. Meer van hetzelfde. Meer van hetzelfde. Meer van hetzelfde.
Meer van hetzelfde. Meer van hetzelfde. Meer van hetzelfde. Meer van het-

zelfde. Meer van hetzelfde. Meer van hetzelfde. Meer van hetzelfde. Meer
van hetzelfde. Meer van hetzelfde. Meer van hetzelfde. Meer van hetzelfde.
Meer van hetzelfde. Meer van hetzelfde. Meer van hetzelfde. Meer van het-
zelfde. Meer van hetzelfde. Meer van hetzelfde. Meer van hetzelfde. Meer van
hetzelfde. Meer van hetzelfde. Meer van hetzelfde. Meer van hetzelfde. Meer
van hetzelfde. Meer van hetzelfde. Meer van hetzelfde. Meer van hetzelfde.
Meer van hetzelfde. Meer van hetzelfde. Meer van hetzelfde. Meer van het-
zelfde. Meer van hetzelfde. Meer van hetzelfde. Meer van hetzelfde. Meer van
hetzelfde. Meer van hetzelfde. Meer van hetzelfde. Meer van hetzelfde. Meer
van hetzelfde. Meer van hetzelfde. Meer van hetzelfde. Meer van hetzelfde.
Meer van hetzelfde. Meer van hetzelfde.
Meer van hetzelfde. Meer van hetzelfde. Meer van hetzelfde. Meer van het-
zelfde. Meer van hetzelfde. Meer van hetzelfde. Meer van hetzelfde. Meer
van hetzelfde. Meer van hetzelfde. Meer van hetzelfde. Meer van hetzelfde.
Meer van hetzelfde. Meer van hetzelfde. Meer van hetzelfde. Meer van het-
zelfde. Meer van hetzelfde. Meer van hetzelfde. Meer van hetzelfde. Meer
van hetzelfde. Meer van hetzelfde. Meer van hetzelfde. Meer van hetzelfde.
Meer van hetzelfde. Meer van hetzelfde. Meer van hetzelfde. Meer van het-
zelfde. Meer van hetzelfde. Meer van hetzelfde. Meer van hetzelfde. Meer van
hetzelfde. Meer van hetzelfde. Meer van hetzelfde. Meer van hetzelfde. Meer
van hetzelfde. Meer van hetzelfde. Meer van hetzelfde. Meer van hetzelfde.
Meer van hetzelfde.
Meer van hetzelfde. Meer van hetzelfde. Meer van hetzelfde. Meer van het-
zelfde. Meer van hetzelfde. Meer van hetzelfde. Meer van hetzelfde. Meer
van hetzelfde. Meer van hetzelfde. Meer van hetzelfde. Meer van hetzelfde.
Meer van hetzelfde. Meer van hetzelfde. Meer van hetzelfde. Meer van het-
zelfde. Meer van hetzelfde. Meer van hetzelfde. Meer van hetzelfde. Meer
van hetzelfde. Meer van hetzelfde.
Meer van hetzelfde. Meer van hetzelfde. Meer van hetzelfde. Meer van het-
zelfde. Meer van hetzelfde. Meer van hetzelfde. Meer van hetzelfde. Meer
van hetzelfde. Meer van hetzelfde. Meer van hetzelfde. Meer van hetzelfde.
Meer van hetzelfde. Meer van hetzelfde. Meer van hetzelfde. Meer van het-
zelfde. Meer van hetzelfde. Meer van hetzelfde. Meer van hetzelfde. Meer
van hetzelfde. Meer van hetzelfde. Meer van hetzelfde. Meer van hetzelfde.
Meer van hetzelfde. Meer van hetzelfde. Meer van hetzelfde. Meer van het-
zelfde. Meer van hetzelfde. Meer van hetzelfde. Meer van hetzelfde. Meer
van hetzelfde. Meer van hetzelfde. Meer van hetzelfde. Meer van hetzelfde.
Meer van hetzelfde. Meer van hetzelfde. Meer van hetzelfde. Meer van het-
zelfde. Meer van hetzelfde. Meer van hetzelfde. Meer van hetzelfde. Meer

van hetzelfde. Meer van hetzelfde.

Meer van hetzelfde. Meer van hetzelfde.

Meer van hetzelfde. Meer van hetzelfde. Meer van hetzelfde. Meer van hetzelfde. Meer van hetzelfde. Meer van hetzelfde. Meer van hetzelfde. Meer van hetzelfde. Meer van hetzelfde. Meer van hetzelfde. Meer van hetzelfde. Meer van het-

zelfde. Meer van hetzelfde.

Meer van hetzelfde. Meer van hetzelfde.

Hoofdstuk II

Meer van hetzelfde. Meer van hetzelfde.
Meer van hetzelfde. Meer van hetzelfde.

Meer van hetzelfde. Meer van hetzelfde.

Meer van hetzelfde. Meer van hetzelfde.

Meer van hetzelfde. Meer van hetzelfde. Meer van hetzelfde. Meer van hetzelfde. Meer van hetzelfde. Meer van hetzelfde. Meer van hetzelfde. Meer van hetzelfde. Meer van hetzelfde. Meer van hetzelfde. Meer van hetzelfde. Meer van hetzelfde. Meer van hetzelfde. Meer van hetzelfde. Meer van hetzelfde. Meer van hetzel fde. Meer van hetzelfde. Meer

van hetzelfde. Meer van hetzelfde.

Meer van hetzelfde. Meer van hetzelfde.

Meer van hetzelfde. Meer van hetzelfde. Meer van hetzelfde. Meer van hetzelfde. Meer van hetzelfde. Meer van hetzelfde. Meer van hetzelfde. Meer van hetzelfde. Meer van hetzelfde. Meer van hetzelfde. Meer van hetzelfde. Meer van hetzelfde.

Meer van hetzelfde. Meer van hetzelfde. Meer van hetzelfde. Meer van het-
zelfde. Meer van hetzelfde. Meer van hetzelfde. Meer van hetzelfde. Meer
van hetzelfde. Meer van hetzelfde. Meer van hetzelfde. Meer van hetzelfde.
Meer van hetzelfde. Meer van hetzelfde. Meer van hetzelfde. Meer van het-
zelfde. Meer van hetzelfde. Meer van hetzelfde. Meer van hetzelfde. Meer
van hetzelfde. Meer van hetzelfde. Meer van hetzelfde. Meer van hetzelfde.
Meer van hetzelfde. Meer van hetzelfde. Meer van hetzelfde. Meer van het-
zelfde. Meer van hetzelfde. Meer van hetzelfde. Meer van hetzelfde. Meer
van hetzelfde. Meer van hetzelfde. Meer van hetzelfde. Meer van hetzelfde.
Meer van hetzelfde. Meer van hetzelfde. Meer van hetzelfde. Meer van het-
zelfde. Meer van hetzelfde. Meer van hetzelfde. Meer van hetzelfde. Meer
van hetzelfde. Meer van hetzelfde.
Meer van hetzelfde. Meer van hetzelfde. Meer van hetzelfde. Meer van het-
zelfde. Meer van hetzelfde. Meer van hetzelfde. Meer van hetzelfde. Meer
van hetzelfde. Meer van hetzelfde. Meer van hetzelfde. Meer van hetzelfde.
Meer van hetzelfde. Meer van hetzelfde. Meer van hetzelfde. Meer van het-
zelfde. Meer van hetzelfde. Meer van hetzelfde. Meer van hetzelfde. Meer
van hetzelfde. Meer van hetzelfde. Meer van hetzelfde. Meer van hetzelfde.
Meer van hetzelfde. Meer van hetzelfde. Meer van hetzelfde. Meer van het-
zelfde. Meer van hetzelfde. Meer van hetzelfde. Meer van hetzelfde. Meer
van hetzelfde. Meer van hetzelfde. Meer van hetzelfde. Meer van hetzelfde.
Meer van hetzelfde. Meer van hetzelfde. Meer van hetzelfde. Meer van het-
zelfde. Meer van hetzelfde. Meer van hetzelfde. Meer van hetzelfde. Meer
van hetzelfde. Meer van hetzelfde. Meer van hetzelfde. Meer van hetzelfde.
Meer van hetzelfde. Meer van hetzelfde. Meer van hetzelfde. Meer van het-
zelfde. Meer van hetzelfde. Meer van hetzelfde. Meer van hetzelfde. Meer
van hetzelfde. Meer van hetzelfde. Meer van hetzelfde. Meer van hetzelfde.
Meer van hetzelfde. Meer van hetzelfde. Meer van hetzelfde. Meer van het-
zelfde. Meer van hetzelfde. Meer van hetzelfde. Meer van hetzelfde. Meer
van hetzelfde. Meer van hetzelfde. Meer van hetzelfde. Meer van hetzelfde.
Meer van hetzelfde. Meer van hetzelfde. Meer van hetzelfde. Meer van het-
zelfde. Meer van hetzelfde. Meer van hetzelfde. Meer van hetzelfde. Meer
van hetzelfde. Meer van hetzelfde. Meer van hetzelfde. Meer van hetzelfde.
Meer van hetzelfde. Meer van hetzelfde. Meer van hetzelfde. Meer van het-
zelfde. Meer van hetzelfde. Meer van hetzelfde. Meer van hetzelfde. Meer

van hetzelfde. Meer van hetzelfde. Meer van hetzelfde. Meer van hetzelfde. Meer van hetzelfde.

Meer van hetzelfde. Meer van hetzelfde.

Meer van hetzelfde. Meer van hetzelfde.

Meer van hetzelfde. Meer van hetzelfde.

Meer van hetzelfde. Meer van hetzelfde. Meer van hetzelfde. Meer van het-
zelfde. Meer van hetzelfde. Meer van hetzelfde. Meer van hetzelfde. Meer
van hetzelfde. Meer van hetzelfde. Meer van hetzelfde. Meer van hetzelfde.
Meer van hetzelfde. Meer van hetzelfde. Meer van hetzelfde. Meer van het-
zelfde. Meer van hetzelfde. Meer van hetzelfde. Meer van hetzelfde. Meer
van hetzelfde. Meer van hetzelfde. Meer van hetzelfde. Meer van hetzelfde.
Meer van hetzelfde. Meer van hetzelfde. Meer van hetzelfde. Meer van het-
zelfde. Meer van hetzelfde. Meer van hetzelfde. Meer van hetzelfde. Meer
van hetzelfde. Meer van hetzelfde. Meer van hetzelfde. Meer van hetzelfde.
Meer van hetzelfde. Meer van hetzelfde. Meer van hetzelfde. Meer van het-
zelfde. Meer van hetzelfde. Meer van hetzelfde. Meer van hetzelfde. Meer
van hetzelfde. Meer van hetzelfde. Meer van hetzelfde. Meer van hetzelfde.
Meer van hetzelfde. Meer van hetzelfde. Meer van hetzelfde. Meer van het-
zelfde. Meer van hetzelfde. Meer van hetzelfde. Meer van hetzelfde. Meer
van hetzelfde. Meer van hetzelfde. Meer van hetzelfde. Meer van hetzelfde.
Meer van hetzelfde.
Meer van hetzelfde. Meer van hetzelfde. Meer van hetzelfde. Meer van het-
zelfde. Meer van hetzelfde. Meer van hetzelfde. Meer van hetzelfde. Meer
van hetzelfde. Meer van hetzelfde. Meer van hetzelfde. Meer van hetzelfde.
Meer van hetzelfde. Meer van hetzelfde. Meer van hetzelfde. Meer van het-
zelfde. Meer van hetzelfde. Meer van hetzelfde. Meer van hetzelfde. Meer van
hetzelfde. Meer van hetzelfde. Meer van hetzelfde. Meer van hetzelfde. Meer
van hetzelfde. Meer van hetzelfde. Meer van hetzelfde. Meer van hetzelfde.
Meer van hetzelfde. Meer van hetzelfde. Meer van hetzelfde. Meer van het-
zelfde. Meer van hetzelfde. Meer van hetzelfde. Meer van hetzelfde. Meer van
hetzelfde. Meer van hetzelfde. Meer van hetzelfde. Meer van hetzelfde. Meer
van hetzelfde. Meer van hetzelfde. Meer van hetzelfde. Meer van hetzelfde.
Meer van hetzelfde. Meer van hetzelfde.
Meer van hetzelfde. Meer van hetzelfde. Meer van hetzelfde. Meer van het-
zelfde. Meer van hetzelfde. Meer van hetzelfde. Meer van hetzelfde. Meer
van hetzelfde. Meer van hetzelfde. Meer van hetzelfde. Meer van hetzelfde.
Meer van hetzelfde. Meer van hetzelfde. Meer van hetzelfde. Meer van het-
zelfde. Meer van hetzelfde. Meer van hetzelfde. Meer van hetzelfde. Meer
van hetzelfde. Meer van hetzelfde. Meer van hetzelfde. Meer van hetzelfde.
Meer van hetzelfde. Meer van hetzelfde. Meer van hetzelfde. Meer van het-
zelfde. Meer van hetzelfde. Meer van hetzelfde. Meer van hetzelfde. Meer van
hetzelfde. Meer van hetzelfde. Meer van hetzelfde. Meer van hetzelfde. Meer
van hetzelfde. Meer van hetzelfde. Meer van hetzelfde. Meer van hetzelfde.
Meer van hetzelfde. Meer van hetzelfde. Meer van hetzelfde. Meer van het-

zelfde. Meer van hetzelfde. Meer van hetzelfde. Meer van hetzelfde. Meer van hetzelfde. Meer van hetzelfde. Meer van hetzelfde. Meer van hetzelfde. Meer van hetzelfde. Meer van hetzelfde. Meer van hetzelfde. Meer van hetzelfde. Meer van hetzelfde. Meer van hetzelfde.

Meer van hetzelfde. Meer van hetzelfde.

Meer van hetzelfde. Meer van hetzelfde.

Meer van hetzelfde. Meer van hetzelfde. Meer van hetzelfde. Meer van hetzelfde. Meer van hetzelfde. Meer van hetzelfde. Meer van hetzelfde. Meer van hetzelfde. Meer van hetzelfde. Meer van hetzelfde.

Meer van hetzelfde. Meer

van hetzelfde. Meer van hetzelfde. Meer van hetzelfde. Meer van hetzelfde. Meer van hetzelfde. Meer van hetzelfde.
Meer van hetzelfde. Meer van hetzelfde.
Meer van hetzelfde. Meer

van hetzelfde. Meer van hetzelfde.

Meer van hetzelfde. Meer van hetzelfde.

Meer van hetzelfde. Meer van hetzelfde.

Meer van hetzelfde. Meer van hetzelfde.

Meer van hetzelfde. Meer van hetzelfde. Meer van hetzelfde. Meer van hetzelfde. Meer van hetzelfde. Meer van hetzelfde. Meer van hetzelfde. Meer van hetzelfde. Meer van hetzelfde.

Meer van hetzelfde. Meer van hetzelfde.

Meer van hetzelfde. Meer van hetzelfde.

Meer van hetzelfde. Meer van hetzelfde.

Meer van hetzelfde. Meer van hetzelfde. Meer van hetzelfde. Meer van het-
zelfde. Meer van hetzelfde. Meer van hetzelfde. Meer van hetzelfde. Meer
van hetzelfde. Meer van hetzelfde. Meer van hetzelfde. Meer van hetzelfde.
Meer van hetzelfde. Meer van hetzelfde. Meer van hetzelfde. Meer van het-
zelfde. Meer van hetzelfde. Meer van hetzelfde. Meer van hetzelfde. Meer
van hetzelfde. Meer van hetzelfde.
Meer van hetzelfde. Meer van hetzelfde. Meer van hetzelfde. Meer van het-
zelfde. Meer van hetzelfde. Meer van hetzelfde. Meer van hetzelfde. Meer
van hetzelfde. Meer van hetzelfde. Meer van hetzelfde. Meer van hetzelfde.
Meer van hetzelfde. Meer van hetzelfde.
Meer van hetzelfde. Meer van hetzelfde. Meer van hetzelfde. Meer van het-
zelfde. Meer van hetzelfde. Meer van hetzelfde. Meer van hetzelfde. Meer
van hetzelfde. Meer van hetzelfde. Meer van hetzelfde. Meer van hetzelfde.
Meer van hetzelfde. Meer van hetzelfde. Meer van hetzelfde. Meer van het-
zelfde. Meer van hetzelfde. Meer van hetzelfde. Meer van hetzelfde. Meer van
hetzelfde. Meer van hetzelfde. Meer van hetzelfde. Meer van hetzelfde. Meer
van hetzelfde. Meer van hetzelfde. Meer van hetzelfde. Meer van hetzelfde.
Meer van hetzelfde. Meer van hetzelfde. Meer van hetzelfde. Meer van het-
zelfde. Meer van hetzelfde. Meer van hetzelfde. Meer van hetzelfde. Meer van
hetzelfde. Meer van hetzelfde. Meer van hetzelfde. Meer van hetzelfde. Meer
van hetzelfde. Meer van hetzelfde. Meer van hetzelfde. Meer van hetzelfde.
Meer van hetzelfde Meer van hetzelfde.
Meer van hetzelfde Meer van hetzelfde. Meer van hetzelfde. Meer van het-
zelfde. Meer van hetzelfde. Meer van hetzelfde. Meer van hetzelfde. Meer
van hetzelfde. Meer van hetzelfde. Meer van hetzelfde. Meer van hetzelfde.
Meer van hetzelfde. Meer van hetzelfde. Meer van hetzelfde. Meer van het-
zelfde. Meer van hetzelfde. Meer van hetzelfde. Meer van hetzelfde. Meer
van hetzelfde. Meer van hetzelfde. Meer van hetzelfde. Meer van hetzelfde.
Meer van hetzelfde. Meer van hetzelfde. Meer van hetzelfde. Meer van het-
zelfde. Meer van hetzelfde. Meer van hetzelfde. Meer van hetzelfde. Meer
van hetzelfde. Meer van hetzelfde. Meer van hetzelfde. Meer van hetzelfde.
Meer van hetzelfde. Meer van hetzelfde. Meer van hetzelfde. Meer van het-
zelfde. Meer van hetzelfde. Meer van hetzelfde. Meer van hetzelfde. Meer
van hetzelfde. Meer van hetzelfde. Meer van hetzelfde. Meer van hetzelfde.
Meer van hetzelfde. Meer van hetzelfde. Meer van hetzelfde. Meer van het-
zelfde. Meer van hetzelfde. Meer van hetzelfde. Meer van hetzelfde. Meer
van hetzelfde. Meer van hetzelfde. Meer van hetzelfde. Meer van hetzelfde.
Meer van hetzelfde. Meer van hetzelfde. Meer van hetzelfde. Meer van het-
zelfde. Meer van hetzelfde Meer van hetzelfde. Meer van hetzelfde. Meer

van hetzelfde. Meer van hetzelfde.

Meer van hetzelfde. Meer van hetzelfde.

Meer van hetzelfde. Meer van hetzelfde.

Meer van hetzelfde. Meer van hetzelfde. Meer van hetzelfde. Meer van het-
zelfde. Meer van hetzelfde. Meer van hetzelfde. Meer van hetzelfde. Meer
van hetzelfde. Meer van hetzelfde. Meer van hetzelfde. Meer van hetzelfde.
Meer van hetzelfde. Meer van hetzelfde. Meer van hetzelfde. Meer van het-
zelfde. Meer van hetzelfde. Meer van hetzelfde. Meer van hetzelfde. Meer
van hetzelfde. Meer van hetzelfde. Meer van hetzelfde. Meer van hetzelfde.
Meer van hetzelfde. Meer van hetzelfde. Meer van hetzelfde. Meer van het-
zelfde. Meer van hetzelfde. Meer van hetzelfde. Meer van hetzelfde. Meer van
hetzelfde. Meer van hetzelfde Meer van hetzelfde. Meer van hetzelfde. Meer
van hetzelfde. Meer van hetzelfde. Meer van hetzelfde. Meer van hetzelfde.
Meer van hetzelfde. Meer van hetzelfde. Meer van hetzelfde. Meer van het-
zelfde. Meer van hetzelfde. Meer van hetzelfde. Meer van hetzelfde. Meer van
hetzelfde. Meer van hetzelfde. Meer van hetzelfde. Meer van hetzelfde. Meer
van hetzelfde. Meer van hetzelfde. Meer van hetzelfde. Meer van hetzelfde.
Meer van hetzelfde. Meer van hetzelfde.
Meer van hetzelfde. Meer van hetzelfde. Meer van hetzelfde. Meer van het-
zelfde. Meer van hetzelfde. Meer van hetzelfde. Meer van hetzelfde. Meer
van hetzelfde. Meer van hetzelfde. Meer van hetzelfde. Meer van hetzelfde.
Meer van hetzelfde. Meer van hetzelfde. Meer van hetzelfde. Meer van het-
zelfde. Meer van hetzelfde. Meer van hetzelfde. Meer van hetzelfde. Meer
van hetzelfde. Meer van hetzelfde. Meer van hetzelfde. Meer van hetzelfde.
Meer van hetzelfde. Meer van hetzelfde. Meer van hetzelfde. Meer van het-
zelfde. Meer van hetzelfde. Meer van hetzelfde. Meer van hetzelfde. Meer van
hetzelfde. Meer van hetzelfde. Meer van hetzelfde. Meer van hetzelfde. Meer
van hetzelfde. Meer van hetzelfde. Meer van hetzelfde. Meer van hetzelfde.
Meer van hetzelfde.
Meer van hetzelfde. Meer van hetzelfde. Meer van hetzelfde. Meer van het-
zelfde. Meer van hetzelfde. Meer van hetzelfde. Meer van hetzelfde. Meer
van hetzelfde. Meer van hetzelfde. Meer van hetzelfde. Meer van hetzelfde.
Meer van hetzelfde. Meer van hetzelfde. Meer van hetzelfde. Meer van het-
zelfde. Meer van hetzelfde. Meer van hetzelfde. Meer van hetzelfde. Meer
van hetzelfde. Meer van hetzelfde.
Meer van hetzelfde. Meer van hetzelfde. Meer van hetzelfde. Meer van het-
zelfde. Meer van hetzelfde. Meer van hetzelfde. Meer van hetzelfde. Meer
van hetzelfde. Meer van hetzelfde. Meer van hetzelfde. Meer van hetzelfde.
Meer van hetzelfde. Meer van hetzelfde. Meer van hetzelfde. Meer van het-
zelfde. Meer van hetzelfde. Meer van hetzelfde. Meer van hetzelfde. Meer
van hetzelfde. Meer van hetzelfde. Meer van hetzelfde. Meer van hetzelfde.
Meer van hetzelfde. Meer van hetzelfde. Meer van hetzelfde. Meer van het-

zelfde. Meer van hetzelfde.

Meer van hetzelfde. Meer van hetzelfde.

Meer van hetzelfde. Meer van hetzelfde.

Meer van hetzelfde. Meer van hetzelfde. Meer van hetzelfde. Meer van hetzelfde. Meer van hetzelfde. Meer van hetzelfde. Meer van hetzelfde. Meer van hetzelfde. Meer van hetzelfde. Meer van hetzelfde. Meer van hetzelfde. Meer van hetzelfde Meer van hetzelfde.

Meer van hetzelfde. Meer

van hetzelfde. Meer van hetzelfde. Meer van hetzelfde. Meer van hetzelfde. Meer van hetzelfde. Meer van hetzelfde.

Meer van hetzelfde. Meer van hetzelfde.

Meer van hetzelfde. Meer

van hetzelfde. Meer van hetzelfde. Meer van hetzelfde. Meer van hetzelfde. Meer van hetzelfde. Meer van hetzelfde.

Meer van hetzelfde. Meer van hetzelfde. Meer van hetzelfde. Meer van het-zelfde. Meer van hetzelfde. Meer van hetzelfde. Meer van hetzelfde. Meer van hetzelfde. Meer van hetzelfde. Meer van hetzelfde. Meer van hetzelfde. Meer van hetzelfde. Meer van hetzelfde. Meer van hetzelfde. Meer van het-zelfde. Meer van hetzelfde. Meer van hetzelfde. Meer van hetzelfde. Meer van hetzelfde. Meer van hetzelfde. Meer van hetzelfde. Meer van hetzelfde. Meer van hetzelfde. Meer van hetzelfde. Meer van hetzelfde. Meer van hetzelfde. Meer van hetzelfde. Meer van hetzelfde. Meer van hetzelfde. Meer van het-zelfde. Meer van hetzelfde. Meer van hetzelfde. Meer van hetzelfde. Meer van hetzelfde. Meer van hetzelfde. Meer van hetzelfde. Meer van hetzelfde. Meer van hetzelfde. Meer van hetzelfde. Meer van hetzelfde. Meer van hetzelfde. Meer van hetzelfde. Meer van hetzelfde. Meer van hetzelfde. Meer van het-zelfde. Meer van hetzelfde. Meer van hetzelfde. Meer van hetzelfde. Meer van hetzelfde. Meer van hetzelfde. Meer van hetzelfde. Meer van hetzelfde. Meer van hetzelfde. Meer van hetzelfde. Meer van hetzelfde. Meer van hetzelfde. Meer van hetzelfde. Meer van hetzelfde.

Meer van hetzelfde. Meer van hetzelfde. Meer van hetzelfde. Meer van het-zelfde. Meer van hetzelfde. Meer van hetzelfde. Meer van hetzelfde. Meer van hetzelfde. Meer van hetzelfde. Meer van hetzelfde. Meer van hetzelfde. Meer van hetzelfde. Meer van hetzelfde. Meer van hetzelfde. Meer van het-zelfde. Meer van hetzelfde. Meer van hetzelfde. Meer van hetzelfde. Meer van hetzelfde. Meer van hetzelfde. Meer van hetzelfde. Meer van hetzelfde. Meer van hetzelfde. Meer van hetzelfde. Meer van hetzelfde. Meer van hetzelfde. Meer van hetzelfde. Meer van hetzelfde.

Hoofdstuk III

Meer van hetzelfde. Meer van hetzelfde.

Meer van hetzelfde. Meer van het-

zelfde. Meer van hetzelfde.

Meer van hetzelfde. Meer van hetzelfde.

Meer van hetzelfde. Meer van hetzelfde.

Meer van hetzelfde. Meer van hetzelfde. Meer van hetzelfde. Meer van het-zelfde. Meer van hetzelfde. Meer van hetzelfde. Meer van hetzelfde. Meer van hetzelfde. Meer van hetzelfde. Meer van hetzelfde. Meer van hetzelfde. Meer van hetzelfde. Meer van hetzelfde. Meer van hetzelfde. Meer van het-zelfde. Meer van hetzelfde. Meer van hetzelfde. Meer van hetzelfde. Meer van hetzelfde. Meer van hetzelfde. Meer van hetzelfde. Meer van hetzelfde. Meer van hetzelfde. Meer van hetzelfde. Meer van hetzelfde. Meer van het-zelfde. Meer van hetzelfde. Meer van hetzelfde. Meer van hetzelfde. Meer van hetzelfde. Meer van hetzelfde. Meer van hetzelfde. Meer van hetzelfde. Meer van hetzelfde. Meer van hetzelfde. Meer van hetzelfde. Meer van het-zelfde. Meer van hetzelfde. Meer van hetzelfde. Meer van hetzelfde. Meer van hetzelfde. Meer van hetzelfde. Meer van hetzelfde. Meer van hetzelfde. Meer van hetzelfde. Meer van hetzelfde. Meer van hetzelfde. Meer van het-zelfde. Meer van hetzelfde. Meer van hetzelfde. Meer van hetzelfde. Meer van hetzelfde. Meer van hetzelfde.

Meer van hetzelfde. Meer van hetzelfde. Meer van hetzelfde. Meer van het-zelfde. Meer van hetzelfde. Meer van hetzelfde. Meer van hetzelfde. Meer van hetzelfde. Meer van hetzelfde. Meer van hetzelfde. Meer van hetzelfde. Meer van hetzelfde. Meer van hetzelfde. Meer van hetzelfde. Meer van het-zelfde. Meer van hetzelfde. Meer van hetzelfde. Meer van hetzelfde. Meer van hetzelfde. Meer van hetzelfde. Meer van hetzelfde. Meer van hetzelfde. Meer van hetzelfde. Meer van hetzelfde. Meer van hetzelfde. Meer van hetzelfde. Meer van hetzelfde. Meer van hetzelfde.

Meer van hetzelfde. Meer van hetzelfde. Meer van hetzelfde. Meer van het-zelfde. Meer van hetzelfde. Meer van hetzelfde. Meer van hetzelfde. Meer van hetzelfde. Meer van hetzelfde. Meer van hetzelfde. Meer van hetzelfde. Meer van hetzelfde. Meer van hetzelfde. Meer van hetzelfde. Meer van het-zelfde. Meer van hetzelfde. Meer van hetzelfde. Meer van hetzelfde. Meer van hetzelfde. Meer van hetzelfde. Meer van hetzelfde. Meer van hetzelfde. Meer van hetzelfde. Meer van hetzelfde. Meer van hetzelfde. Meer van hetzelfde. Meer van het-zelfde. Meer van hetzelfde. Meer van hetzelfde. Meer van hetzelfde. Meer van hetzelfde. Meer van hetzelfde. Meer van hetzelfde. Meer van hetzelfde. Meer van hetzelfde. Meer van hetzelfde. Meer van hetzelfde. Meer van het-zelfde. Meer van hetzelfde. Meer van hetzelfde. Meer van hetzelfde. Meer van hetzelfde. Meer van hetzelfde. Meer van hetzelfde. Meer van hetzelfde. Meer van hetzelfde. Meer van hetzelfde. Meer van hetzelfde. Meer van het-zelfde. Meer van hetzelfde. Meer van hetzelfde. Meer van hetzelfde. Meer

van hetzelfde. Meer van hetzelfde.

Meer van hetzelfde. Meer van het-

zelfde. Meer van hetzelfde. Meer van hetzelfde. Meer van hetzelfde. Meer van hetzelfde. Meer van hetzelfde. Meer van hetzelfde. Meer van hetzelfde. Meer van hetzelfde. Meer van hetzelfde. Meer van hetzelfde. Meer van hetzelfde. Meer van hetzelfde. Meer van hetzelfde.

Meer van hetzelfde. Meer van hetzelfde.

Meer van hetzelfde. Meer van hetzelfde.

Meer van hetzelfde. Meer van het-

zelfde. Meer van hezelfde. Meer van hetze_fde. Meer van hetzelfde. Meer van hetzelfde. Meer van hetzelfde. Meer van hetzelfde. Meer van hetzelfde. Meer van hetzelfde. Meer van hetzelfde. Meer van hetzelfde. Meer van hetzelfde. Meer van hetzelfde. Meer van hetzelfde. Meer van hetzelfde. Meer van hetzelfde. Meer van hetzelfde. Meer van hetzelfde. Meer van hetzelfde. Meer van hetzelfde. Meer van hetzelfde.

Meer van hetzelfde. Meer van hetzelfde.

Meer van hetzelfde. Meer van hetzelfde. Meer van hetzelfde. Meer van hetzelfde. Meer van hetzelfde. Meer van hetzelfde. Meer van hetzelfde. Meer van hetzelfde. Meer van hetzelfde. Meer van hetzelfde. Meer van hetzelfde. Meer van hetzelfde Meer van hetzelfde. Meer van hetzelfde Meer

van hetzelfde. Meer van hetzelfde. Meer van hetzelfde. Meer van hetzelfde. Meer van hetzelfde. Meer van hetzelfde.

Meer van hetzelfde. Meer van hetzelfde.

Meer van hetzelfde. Meer van hetzelfde.

Meer van hetzelfde. Meer van hetzelfde. Meer van hetzelfde. Meer van hetzelfde. Meer van hetzelfde. Meer van hetzelfde. Meer van hetzelfde. Meer van hetzelfde. Meer van hetzelfde. Meer van hetzelfde. Meer van hetzelfde. Meer van hetzelfde.

Meer van hetzelfde. Meer van hetzelfde.

Meer van hetzelfde. Meer van hetzelfde.

Meer van hetzelfde. Meer van het-

zelfde. Meer van hetzelfde. Meer van hetzelfde. Meer van hetzelfde. Meer van hetzelfde. Meer van hetzelfde. Meer van hetzelfde. Meer van hetzelfde. Meer van hetzelfde. Meer van hetzelfde. Meer van hetzelfde. Meer van hetzelfde. Meer van hetzelfde. Meer van hetzelfde.

Meer van hetzelfde. Meer van hetzelfde.

Meer van hetzelfde. Meer van hetzelfde. Meer van hetzelfde. Meer van hetzelfde. Meer van hetzelfde. Meer van hetzelfde. Meer van hetzelfde. Meer van hetzelfde. Meer van hetzelfde. Meer van hetzelfde. Meer van hetzelfde. Meer van hetzelfde. Meer van hetzelfde. Meer van hetzelfde. Meer van hetzelfde. Meer van hetzelfde. Meer van hetzelfde.

Meer van hetzelfde. Meer van het-

zelfde. Meer van hetzelfde. Meer van hetzelfde. Meer van hetzelfde. Meer van hetzelfde. Meer van hetzelfde.

Meer van hetzelfde. Meer van hetzelfde.

Meer van hetzelfde. Meer van hetzelfde.

Meer van hetzelfde. Meer van het-

zelfde. Meer van hetzelfde. Meer van hetzelfde. Meer van hetzelfde. Meer van hetzelfde. Meer van hetzelfde. Meer van hetzelfde. Meer van hetzelfde. Meer van hetzelfde. Meer van hetzelfde. Meer van hetzelfde. Meer van hetzelfde. Meer van hetzelfde. Meer van hetzelfde. Meer van hetzelfde.

Meer van hetzelfde. Meer van hetzelfde.

Meer van hetzelfde. Meer van hetzelfde.

Meer van hetzelfde. Meer

van hetzelfde. Meer van hetzelfde. Meer van hetzelfde. Meer van hetzelfde. Meer van hetzelfde. Meer van hetzelfde. Meer van hetzelfde.
Meer van hetzelfde. Meer van hetzelfde.
Meer van hetzelfde.
Meer van hetzelfde. Meer van hetzelfde. Meer van hetzelfde. Meer van hetzelfde. Meer van hetzelfde. Meer van hetzelfde. Meer van hetzelfde. Meer van hetzelfde. Meer van hetzelfde. Meer van hetzelfde. Meer van hetzelfde. Meer van hetzelfde. Meer van hetzelfde. Meer van hetzelfde. Meer van hetzelfde. Meer van hetzelfde. Meer van hetzelfde Meer van hetzelfde. Meer van hetzelfde. Meer van hetzelfde. Meer van hetzelfde. Meer van hetzelfde. Meer van hetzelfde. Meer van hetzelfde. Meer van hetzelfde. Meer van hetzelfde. Meer van hetzelfde. Meer van hetzelfde. Meer van hetzelfde. Meer van hetzelfde. Meer van hetzelfde. Meer van hetzelfde. Meer

van hetzelfde. Meer van hetzelfde. Meer van hetzelfde. Meer van hetzelfde. Meer van hetzelfde. Meer van hetzelfde. Meer van hetzelfde. Meer van hetzelfde. Meer van hetzelfde. Meer van hetzelfde. Meer van hetzelfde. Meer van hetzelfde. Meer van hetzelfde. Meer van hetzelfde. Meer van hetzelfde. Meer van hetzelfde. Meer van hetzelfde. Meer van hetzelfde.

Meer van hetzelfde. Meer van hetzelfde. Meer van hetzelfde. Meer van hetzelfde. Meer van hetzelfde. Meer van hetzelfde. Meer van hetzelfde. Meer van hetzelfde. Meer van hetzelfde. Meer van hetzelfde. Meer van hetzelfde. Meer van hetzelfde. Meer van hetzelfde. Meer van hetzelfde. Meer van hetzelfde. Meer van hetzelfde. Meer van hetzelfde. Meer van hetzelfde. Meer van hetzelfde. Meer van hetzelfde.

Meer van hetzelfde. Meer van hetzelfde. Meer van hetzelfde. Meer van hetzelfde. Meer van hetzelfde. Meer van hetzelfde. Meer van hetzelfde. Meer van hetzelfde. Meer van hetzelfde. Meer van hetzelfde. Meer van hetzelfde. Meer van hetzelfde.

Meer van hetzelfde. Meer van hetzelfde.

Meer van hetzelfde. Meer van hetzelfde.

Meer van hetzelfde. Meer van hetzelfde. Meer van hetzelfde. Meer van het-
zelfde. Meer van hetzelfde. Meer van hetzelfde. Meer van hetzelfde. Meer
van hetzelfde. Meer van hetzelfde. Meer van hetzelfde. Meer van hetzelfde.
Meer van hetzelfde. Meer van hetzelfde. Meer van hetzelfde. Meer van het-
zelfde. Meer van hetzelfde. Meer van hetzelfde. Meer van hetzelfde. Meer
van hetzelfde. Meer van hetzelfde. Meer van hetzelfde. Meer van hetzelfde.
Meer van hetzelfde. Meer van hetzelfde. Meer van hetzelfde. Meer van het-
zelfde. Meer van hetzelfde. Meer van hetzelfde. Meer van hetzelfde. Meer
van hetzelfde. Meer van hetzelfde. Meer van hetzelfde. Meer van hetzelfde.
Meer van hetzelfde. Meer van hetzelfde. Meer van hetzelfde. Meer van het-
zelfde. Meer van hetzelfde. Meer van hetzelfde. Meer van hetzelfde. Meer
van hetzelfde. Meer van hetzelfde.
Meer van hetzelfde. Meer van hetzelfde. Meer van hetzelfde. Meer van het-
zelfde. Meer van hetzelfde. Meer van hetzelfde. Meer van hetzelfde. Meer
van hetzelfde. Meer van hetzelfde. Meer van hetzelfde. Meer van hetzelfde.
Meer van hetzelfde. Meer van hetzelfde. Meer van hetzelfde. Meer van het-
zelfde. Meer van hetzelfde. Meer van hetzelfde. Meer van hetzelfde. Meer
van hetzelfde. Meer van hetzelfde. Meer van hetzelfde. Meer van hetzelfde.
Meer van hetzelfde. Meer van hetzelfde. Meer van hetzelfde. Meer van het-
zelfde. Meer van hetzelfde. Meer van hetzelfde. Meer van hetzelfde. Meer
van hetzelfde. Meer van hetzelfde. Meer van hetzelfde. Meer van hetzelfde.
Meer van hetzelfde. Meer van hetzelfde. Meer van hetzelfde. Meer van het-
zelfde. Meer van hetzelfde. Meer van hetzelfde. Meer van hetzelfde. Meer
van hetzelfde. Meer van hetzelfde. Meer van hetzelfde. Meer van hetzelfde.
Meer van hetzelfde.
Meer van hetzelfde. Meer van hetzelfde. Meer van hetzelfde. Meer van het-
zelfde. Meer van hetzelfde. Meer van hetzelfde. Meer van hetzelfde. Meer
van hetzelfde. Meer van hetzelfde. Meer van hetzelfde. Meer van hetzelfde.
Meer van hetzelfde. Meer van hetzelfde. Meer van hetzelfde. Meer van het-
zelfde. Meer van hetzelfde. Meer van hetzelfde. Meer van hetzelfde. Meer
van hetzelfde. Meer van hetzelfde. Meer van hetzelfde. Meer van hetzelfde.
Meer van hetzelfde. Meer van hetzelfde. Meer van hetzelfde. Meer van het-
zelfde. Meer van hetzelfde. Meer van hetzelfde. Meer van hetzelfde. Meer
van hetzelfde. Meer van hetzelfde. Meer van hetzelfde. Meer van hetzelfde.
Meer van hetzelfde. Meer van hetzelfde. Meer van hetzelfde. Meer van het-
zelfde. Meer van hetzelfde. Meer van hetzelfde. Meer van hetzelfde. Meer
van hetzelfde. Meer van hetzelfde.

van hetzelfde. Meer van hetzelfde. Meer van hetzelfde. Meer van hetzelfde. Meer van hetzelfde. Meer van hetzelfde. Meer van hetzelfde. Meer van hetzelfde. Meer van hetzelfde. Meer van hetzelfde. Meer van hetzelfde. Meer van hetzelfde. Meer van hetzelfde. Meer van hetzelfde. Meer van hetzelfde. Meer van hetzelfde. Meer van hetzelfde. Meer van hetzelfde. Meer van hetzelfde.

Meer van hetzelfde. Meer van hetzelfde.

Meer van hetzelfde. Meer van hetzelfde.

Meer van hetzelfde. Meer van hetzelfde. Meer van hetzelfde. Meer van hetzelfde. Meer van hetzelfde. Meer van hetzelfde. Meer van hetzelfde. Meer van hetzelfde. Meer van hetzelfde. Meer van hetzelfde. Meer van hetzelfde. Meer van hetzelfde. Meer van hetzelfde. Meer van hetzelfde.

Meer van hetzelfde. Meer van hetzelfde. Meer van hetzelfde. Meer van hetzelfde. Meer van hetzelfde. Meer van hetzelfde. Meer van hetzelfde. Meer

van hetzelfde. Meer van hetzelfde.

Meer van hetzelfde. Meer van hetzelfde.

Meer van hetzelfde. Meer van hetzelfde. Meer van hetzelfde. Meer van hetzelfde. Meer van hetzelfde. Meer van hetzelfde. Meer van hetzelfde. Meer van hetzelfde. Meer van hetzelfde.

Meer van hetzelfde. Meer van hetzelfde.

Meer van hetzelfde. Meer van hetzelfde.

Hoofdstuk IV

Meer van hetzelfde. Meer van hetzelfde. Meer van hetzelfde. Meer van hetzelfde. Meer van hetzelfde. Meer van hetzelfde. Meer van hetzelfde. Meer van hetzelfde. Meer van hetzelfde. Meer van hetzelfde. Meer van hetzelfde. Meer van hetzelfde. Meer van hetzelfde. Meer van hetzelfde. Meer van hetzelfde. Meer van hetzelfde. Meer van hetzelfde. Meer van hetzelfde. Meer van hetzelfde. Meer van hetzelfde.
Meer van hetzelfde. Meer van hetzelfde.

Meer van hetzelfde. Meer van hetzelfde.

Meer van hetzelfde. Meer van hetzelfde.

Meer van hetzelfde. Meer

van hetzelfde. Meer van hetzelfde. Meer van hetzelfde. Meer van hetzelfde. Meer van hetzelfde. Meer van hetzelfde. Meer van hetzelfde. Meer van hetzelfde. Meer van hetzelfde. Meer van hetzelfde. Meer van hetzelfde. Meer van hetzelfde. Meer van hetzelfde. Meer van hetzelfde. Meer van hetzelfde. Meer van hetzelfde. Meer van hetzelfde. Meer van hetzelfde. Meer van hetzelfde. Meer van het- zelfde. Meer van hetzelfde. Meer van hetzelfde. Meer van hetzelfde. Meer van hetzelfde. Meer van hetzelfde. Meer van hetzelfde. Meer van hetzelfde. Meer van hetzelfde. Meer van hetzelfde. Meer van hetzelfde. Meer van hetzelfde. Meer van hetzelfde. Meer van hetzelfde. Meer van hetzelfde. Meer van het- zelfde. Meer van hetzelfde. Meer van hetzelfde. Meer van hetzelfde. Meer van hetzelfde. Meer van hetzelfde. Meer van hetzelfde. Meer van hetzelfde. Meer van hetzelfde. Meer van hetzelfde. Meer van hetzelfde. Meer van het- zelfde. Meer van hetzelfde. Meer van hetzelfde. Meer van hetzelfde. Meer van hetzelfde. Meer van hetzelfde. Meer van hetzelfde. Meer van hetzelfde. Meer van hetzelfde. Meer van hetzelfde. Meer van hetzelfde. Meer van het- zelfde. Meer van hetzelfde. Meer van hetzelfde.

Meer van hetzelfde. Meer van hetzelfde. Meer van hetzelfde. Meer van het- zelfde. Meer van hetzelfde. Meer van hetzelfde. Meer van hetzelfde. Meer van hetzelfde. Meer van hetzelfde. Meer van hetzelfde. Meer van hetzelfde. Meer van hetzelfde. Meer van hetzelfde. Meer van hetzelfde. Meer van het- zelfde. Meer van hetzelfde. Meer van hetzelfde. Meer van hetzelfde. Meer van hetzelfde. Meer van hetzelfde. Meer van hetzelfde. Meer van hetzelfde. Meer van hetzelfde. Meer van hetzelfde. Meer van hetzelfde. Meer van hetzelfde. Meer van hetzelfde. Meer van hetzelfde.

Meer van hetzelfde. Meer van hetzelfde. Meer van hetzelfde. Meer van het- zelfde. Meer van hetzelfde. Meer van hetzelfde. Meer van hetzelfde. Meer van hetzelfde. Meer van hetzelfde. Meer van hetzelfde. Meer van hetzelfde. Meer van hetzelfde. Meer van hetzelfde. Meer van hetzelfde. Meer van het- zelfde. Meer van hetzelfde. Meer van hetzelfde. Meer van hetzelfde. Meer van hetzelfde. Meer van hetzelfde. Meer van hetzelfde. Meer van hetzelfde. Meer van hetzelfde. Meer van hetzelfde. Meer van hetzelfde. Meer van het- zelfde. Meer van hetzelfde. Meer van hetzelfde. Meer van hetzelfde. Meer van hetzelfde. Meer van hetzelfde. Meer van hetzelfde. Meer van hetzelfde. Meer van hetzelfde. Meer van hetzelfde. Meer van hetzelfde. Meer van hetzelfde. Meer van hetzelfde. Meer van hetzelfde. Meer van het- zelfde. Meer van hetzelfde. Meer van hetzelfde. Meer van hetzelfde. Meer van hetzelfde. Meer van hetzelfde. Meer van hetzelfde. Meer van hetzelfde. Meer van hetzelfde. Meer van hetzelfde. Meer van hetzelfde. Meer van hetzelfde. Meer van hetzelfde. Meer van hetzelfde. Meer van het- zelfde. Meer van hetzelfde. Meer van hetzelfde. Meer van hetzelfde. Meer van hetzelfde. Meer van hetzelfde. Meer van hetzelfde. Meer van hetzelfde. Meer van hetzelfde. Meer van hetzelfde. Meer van hetzelfde. Meer van het-

zelfde. Meer van hetzelfde.

Meer van hetzelfde. Meer

van hetzelfde. Meer van hetzelfde. Meer van hetzelfde. Meer van hetzelfde.
Meer van hetzelfde. Meer van hetzelfde.
Meer van hetzelfde. Meer van hetzelfde.
Meer van hetzelfde. Meer van hetzelfde.
Meer van hetzelfde. Meer van hetzelfde.

Meer van hetzelfde. Meer van hetzelfde.

Meer van hetzelfde. Meer van hetzelfde.

Meer van hetzelfde. Meer van hetzelfde.

Meer van hetzelfde. Meer van hetzelfde. Meer van hetzelfde. Meer van hetzelfde. Meer van hetzelfde. Meer van hetzelfde. Meer van hetzelfde. Meer van hetzelfde. Meer van hetzelfde. Meer van hetzelfde. Meer van hetzelfde. Meer van het-

zelfde. Meer van hetzelfde. Meer van hetzelfde. Meer van hetzelfde. Meer
van hetzelfde. Meer van hetzelfde. Meer van hetzelfde. Meer van hetzelfde.
Meer van hetzelfde. Meer van hetzelfde. Meer van hetzelfde. Meer van het-
zelfde. Meer van hetzelfde. Meer van hetzelfde. Meer van hetzelfde. Meer
van hetzelfde. Meer van hetzelfde. Meer van hetzelfde. Meer van hetzelfde.
Meer van hetzelfde. Meer van hetzelfde. Meer van hetzelfde. Meer van het-
zelfde. Meer van hetzelfde. Meer van hetzelfde. Meer van hetzelfde. Meer
van hetzelfde. Meer van hetzelfde.

Meer van hetzelfde. Meer van hetzelfde. Meer van hetzelfde. Meer van het-
zelfde. Meer van hetzelfde. Meer van hetzelfde. Meer van hetzelfde. Meer
van hetzelfde. Meer van hetzelfde. Meer van hetzelfde. Meer van hetzelfde.
Meer van hetzelfde. Meer van hetzelfde. Meer van hetzelfde. Meer van het-
zelfde. Meer van hetzelfde. Meer van hetzelfde. Meer van hetzelfde. Meer
van hetzelfde. Meer van hetzelfde. Meer van hetzelfde. Meer van hetzelfde.
Meer van hetzelfde. Meer van hetzelfde. Meer van hetzelfde. Meer van het-
zelfde. Meer van hetzelfde. Meer van hetzelfde. Meer van hetzelfde. Meer van
hetzelfde. Meer van hetzelfde. Meer van hetzelfde. Meer van hetzelfde. Meer
van hetzelfde. Meer van hetzelfde. Meer van hetzelfde. Meer van hetzelfde.
Meer van hetzelfde. Meer van hetzelfde. Meer van hetzelfde.

Meer van hetzelfde. Meer van hetzelfde. Meer van hetzelfde. Meer van het-
zelfde. Meer van hetzelfde. Meer van hetzelfde. Meer van hetzelfde. Meer
van hetzelfde. Meer van hetzelfde. Meer van hetzelfde. Meer van hetzelfde.
Meer van hetzelfde.

Meer van hetzelfde. Meer van hetzelfde. Meer van hetzelfde. Meer van het-
zelfde. Meer van hetzelfde. Meer van hetzelfde. Meer van hetzelfde. Meer van
hetzelfde. Meer van hetzelfde. Meer van hetzelfde. Meer van hetzelfde. Meer
van hetzelfde. Meer van hetzelfde. Meer van hetzelfde. Meer van hetzelfde.
Meer van hetzelfde. Meer van hetzelfde. Meer van hetzelfde. Meer van het-
zelfde. Meer van hetzelfde. Meer van hetzelfde. Meer van hetzelfde. Meer van
hetzelfde. Meer van hetzelfde. Meer van hetzelfde. Meer van hetzelfde. Meer
van hetzelfde. Meer van hetzelfde. Meer van hetzelfde. Meer van hetzelfde.
Meer van hetzelfde. Meer van hetzelfde.

Meer van hetzelfde. Meer van hetzelfde. Meer van hetzelfde. Meer van het-
zelfde. Meer van hetzelfde. Meer van hetzelfde. Meer van hetzelfde. Meer
van hetzelfde. Meer van hetzelfde. Meer van hetzelfde. Meer van hetzelfde.
Meer van hetzelfde. Meer van hetzelfde. Meer van hetzelfde. Meer van het-
zelfde. Meer van hetzelfde. Meer van hetzelfde. Meer van hetzelfde. Meer
van hetzelfde. Meer van hetzelfde. Meer van hetzelfde. Meer van hetzelfde.
Meer van hetzelfde. Meer van hetzelfde. Meer van hetzelfde. Meer van he:-

zelfde. Meer van hetzelfde.

Meer van hetzelfde. Meer van het-

zelfde. Meer van hetzelfde.

Meer van hetzelfde. Meer van hetzelfde.
Meer van hetzelfde.

Meer van hetzelfde. Meer van hetzelfde.
Meer van hetzelfde.

Meer van hetzelfde. Meer van hetzelfde.
Meer van hetzelfde.

Meer van hetzelfde. Meer van hetzelfde. Meer van hetzelfde. Meer van hetzelfde. Meer van hetzelfde. Meer van hetzelfde. Meer van hetzelfde. Meer

van hetzelfde. Meer van hetzelfde. Meer van hetzelfde. Meer van hetzelfde.
Meer van hetzelfde. Meer van hetzelfde. Meer van hetzelfde. Meer van het-
zelfde. Meer van hetzelfde. Meer van hetzelfde. Meer van hetzelfde. Meer
van hetzelfde. Meer van hetzelfde. Meer van hetzelfde. Meer van hetzelfde.
Meer van hetzelfde. Meer van hetzelfde.
Meer van hetzelfde. Meer van hetzelfde. Meer van hetzelfde. Meer van het-
zelfde. Meer van hetzelfde. Meer van hetzelfde. Meer van hetzelfde. Meer
van hetzelfde. Meer van hetzelfde. Meer van hetzelfde. Meer van hetzelfde.
Meer van hetzelfde. Meer van hetzelfde. Meer van hetzelfde. Meer van het-
zelfde. Meer van hetzelfde. Meer van hetzelfde. Meer van hetzelfde. Meer
van hetzelfde. Meer van hetzelfde. Meer van hetzelfde. Meer van hetzelfde.
Meer van hetzelfde. Meer van hetzelfde. Meer van hetzelfde. Meer van het-
zelfde. Meer van hetzelfde. Meer van hetzelfde. Meer van hetzelfde. Meer
van hetzelfde. Meer van hetzelfde. Meer van hetzelfde. Meer van hetzelfde.
Meer van hetzelfde. Meer van hetzelfde. Meer van hetzelfde. Meer van het-
zelfde. Meer van hetzelfde. Meer van hetzelfde. Meer van hetzelfde. Meer
van hetzelfde. Meer van hetzelfde. Meer van hetzelfde. Meer van hetzelfde.
Meer van hetzelfde. Meer van hetzelfde. Meer van hetzelfde. Meer van het-
zelfde. Meer van hetzelfde. Meer van hetzelfde. Meer van hetzelfde. Meer
van hetzelfde. Meer van hetzelfde. Meer van hetzelfde. Meer van hetzelfde.
Meer van hetzelfde. Meer van hetzelfde. Meer van hetzelfde. Meer van het-
zelfde. Meer van hetzelfde. Meer van hetzelfde. Meer van hetzelfde. Meer van
hetzelfde. Meer van hetzelfde. Meer van hetzelfde. Meer van hetzelfde. Meer
van hetzelfde. Meer van hetzelfde. Meer van hetzelfde. Meer van hetzelfde.
Meer van hetzelfde. Meer van hetzelfde. Meer van hetzelfde. Meer van het-
zelfde. Meer van hetzelfde. Meer van hetzelfde. Meer van hetzelfde. Meer van
hetzelfde. Meer van hetzelfde. Meer van hetzelfde. Meer van hetzelfde. Meer
van hetzelfde. Meer van hetzelfde. Meer van hetzelfde. Meer van hetzelfde.
Meer van hetzelfde. Meer van hetzelfde. Meer van hetzelfde. Meer van het-
zelfde. Meer van hetzelfde. Meer van hetzelfde. Meer van hetzelfde. Meer
van hetzelfde. Meer van hetzelfde. Meer van hetzelfde. Meer van hetzelfde.
Meer van hetzelfde. Meer van hetzelfde. Meer van hetzelfde. Meer van het-
zelfde. Meer van hetzelfde. Meer van hetzelfde. Meer van hetzelfde. Meer van
hetzelfde. Meer van hetzelfde. Meer van hetzelfde. Meer van hetzelfde. Meer
van hetzelfde. Meer van hetzelfde. Meer van hetzelfde. Meer van hetzelfde.
Meer van hetzelfde. Meer van hetzelfde. Meer van hetzelfde. Meer van het-
zelfde. Meer van hetzelfde. Meer van hetzelfde. Meer van hetzelfde. Meer van
hetzelfde. Meer van hetzelfde. Meer van hetzelfde. Meer van hetzelfde. Meer

van hetzelfde. Meer van hetzelfde. Meer van hetzelfde. Meer van hetzelfde. Meer van hetzelfde. Meer van hetzelfde.

Meer van hetzelfde. Meer van hetzelfde.

Meer van hetzelfde. Meer van hetzelfde.

Meer van hetzelfde. Meer van hetzelfde Meer van hetzelfde. Meer van het-

zelfde. Meer van hetzelfde.

Meer van hetzelfde. Meer van hetzelfde.

Meer van hetzelfde. Meer van hetzelfde. Meer van hetzelfde. Meer van hetzelfde. Meer van hetzelfde. Meer van hetzelfde. Meer van hetzelfde. Meer van hetzelfde. Meer van hetzelfde. Meer van hetzelfde. Meer van hetzelfde. Meer van hetzelfde. Meer van hetzelfde. Meer van hetzelfde. Meer van hetzelfde. Meer van hetzelfde. Meer van hetzelfde. Meer van hetzelfde.

Meer van hetzelfde. Meer van hetzelfde. Meer van hetzelfde. Meer van hetzelfde. Meer van hetzelfde. Meer van hetzelfde. Meer van hetzelfde. Meer van hetzelfde. Meer van hetzelfde. Meer van hetzelfde. Meer van hetzelfde. Meer van hetzelfde. Meer van hetzelfde. Meer van hetzelfde.

Meer van hetzelfde. Meer van hetzelfde. Meer van hetzelfde. Meer van het-
zelfde. Meer van hetzelfde. Meer van hetzelfde. Meer van hetzelfde. Meer
van hetzelfde. Meer van hetzelfde. Meer van hetzelfde. Meer van hetzelfde.
Meer van hetzelfde. Meer van hetzelfde. Meer van hetzelfde. Meer van het-
zelfde. Meer van hetzelfde. Meer van hetzelfde. Meer van hetzelfde. Meer van
hetzelfde. Meer van hetzelfde. Meer van hetzelfde. Meer van hetzelfde. Meer
van hetzelfde. Meer van hetzelfde. Meer van hetzelfde. Meer van hetzelfde.
Meer van hetzelfde. Meer van hetzelfde. Meer van hetzelfde. Meer van het-
zelfde. Meer van hetzelfde. Meer van hetzelfde. Meer van hetzelfde. Meer van
hetzelfde. Meer van hetzelfde. Meer van hetzelfde. Meer van hetzelfde. Meer
van hetzelfde. Meer van hetzelfde. Meer van hetzelfde. Meer van hetzelfde.
Meer van hetzelfde. Meer van hetzelfde.
Meer van hetzelfde. Meer van hetzelfde. Meer van hetzelfde. Meer van het-
zelfde. Meer van hetzelfde. Meer van hetzelfde. Meer van hetzelfde. Meer
van hetzelfde. Meer van hetzelfde. Meer van hetzelfde. Meer van hetzelfde.
Meer van hetzelfde. Meer van hetzelfde. Meer van hetzelfde. Meer van het-
zelfde. Meer van hetzelfde. Meer van hetzelfde. Meer van hetzelfde. Meer
van hetzelfde. Meer van hetzelfde. Meer van hetzelfde. Meer van hetzelfde.
Meer van hetzelfde. Meer van hetzelfde. Meer van hetzelfde. Meer van het-
zelfde. Meer van hetzelfde. Meer van hetzelfde. Meer van hetzelfde. Meer
van hetzelfde. Meer van hetzelfde. Meer van hetzelfde. Meer van hetzelfde.
Meer van hetzelfde. Meer van hetzelfde. Meer van hetzelfde. Meer van het-
zelfde. Meer van hetzelfde. Meer van hetzelfde. Meer van hetzelfde. Meer
van hetzelfde. Meer van hetzelfde. Meer van hetzelfde. Meer van hetzelfde.
Meer van hetzelfde. Meer van hetzelfde. Meer van hetzelfde. Meer van het-
zelfde. Meer van hetzelfde. Meer van hetzelfde. Meer van hetzelfde. Meer
van hetzelfde. Meer van hetzelfde. Meer van hetzelfde. Meer van hetzelfde.
Meer van hetzelfde. Meer van hetzelfde. Meer van hetzelfde. Meer van het-
zelfde. Meer van hetzelfde. Meer van hetzelfde. Meer van hetzelfde. Meer
van hetzelfde. Meer van hetzelfde. Meer van hetzelfde. Meer van hetzelfde.
Meer van hetzelfde. Meer van hetzelfde. Meer van hetzelfde. Meer van het-
zelfde. Meer van hetzelfde Meer van hetzelfde. Meer van hetzelfde. Meer
van hetzelfde. Meer van hetzelfde. Meer van hetzelfde. Meer van hetzelfde.
Meer van hetzelfde. Meer van hetzelfde. Meer van hetzelfde. Meer van het-
zelfde. Meer van hetzelfde. Meer van hetzelfde. Meer van hetzelfde. Meer
van hetzelfde. Meer van hetzelfde.
Meer van hetzelfde. Meer van hetzelfde. Meer van hetzelfde. Meer van het-
zelfde. Meer van hetzelfde. Meer van hetzelfde. Meer van hetzelfde. Meer
van hetzelfde. Meer van hetzelfde. Meer van hetzelfde. Meer van hetzelfde.

Meer van hetzelfde. Meer van hetzelfde.

Meer van hetzelfde. Meer van hetzelfde.

Meer van hetzelfde. Meer van hetzelfde.

Meer van hetzelfde. Meer van hetzelfde. Meer van hetzelfde. Meer van het-
zelfde. Meer van hetzelfde. Meer van hetzelfde. Meer van hetzelfde. Meer van
hetzelfde. Meer van hetzelfde. Meer van hetzelfde. Meer van hetzelfde. Meer
van hetzelfde. Meer van hetzelfde. Meer van hetzelfde. Meer van hetzelfde.
Meer van hetzelfde. Meer van hetzelfde.
Meer van hetzelfde. Meer van hetzelfde. Meer van hetzelfde. Meer van het-
zelfde. Meer van hetzelfde. Meer van hetzelfde. Meer van hetzelfde. Meer
van hetzelfde. Meer van hetzelfde. Meer van hetzelfde. Meer van hetzelfde.
Meer van hetzelfde. Meer van hetzelfde. Meer van hetzelfde. Meer van het-
zelfde. Meer van hetzelfde. Meer van hetzelfde. Meer van hetzelfde. Meer
van hetzelfde. Meer van hetzelfde. Meer van hetzelfde. Meer van hetzelfde.
Meer van hetzelfde. Meer van hetzelfde. Meer van hetzelfde. Meer van het-
zelfde. Meer van hetzelfde. Meer van hetzelfde. Meer van hetzelfde. Meer van
hetzelfde. Meer van hetzelfde. Meer van hetzelfde. Meer van hetzelfde. Meer
van hetzelfde. Meer van hetzelfde. Meer van hetzelfde. Meer van hetzelfde.
Meer van hetzelfde.
Meer van hetzelfde. Meer van hetzelfde. Meer van hetzelfde. Meer van het-
zelfde. Meer van hetzelfde. Meer van hetzelfde. Meer van hetzelfde. Meer
van hetzelfde. Meer van hetzelfde. Meer van hetzelfde. Meer van hetzelfde.
Meer van hetzelfde. Meer van hetzelfde. Meer van hetzelfde. Meer van het-
zelfde. Meer van hetzelfde. Meer van hetzelfde. Meer van hetzelfde. Meer
van hetzelfde. Meer van hetzelfde.
Meer van hetzelfde. Meer van hetzelfde. Meer van hetzelfde. Meer van het-
zelfde. Meer van hetzelfde. Meer van hetzelfde. Meer van hetzelfde. Meer
van hetzelfde. Meer van hetzelfde. Meer van hetzelfde. Meer van hetzelfde.
Meer van hetzelfde. Meer van hetzelfde. Meer van hetzelfde. Meer van het-
zelfde. Meer van hetzelfde. Meer van hetzelfde. Meer van hetzelfde. Meer
van hetzelfde. Meer van hetzelfde. Meer van hetzelfde. Meer van hetzelfde.
Meer van hetzelfde. Meer van hetzelfde. Meer van hetzelfde. Meer van het-
zelfde. Meer van hetzelfde. Meer van hetzelfde. Meer van hetzelfde. Meer
van hetzelfde. Meer van hetzelfde. Meer van hetzelfde. Meer van hetzelfde.
Meer van hetzelfde. Meer van hetzelfde. Meer van hetzelfde. Meer van het-
zelfde. Meer van hetzelfde. Meer van hetzelfde. Meer van hetzelfde. Meer
van hetzelfde. Meer van hetzelfde. Meer van hetzelfde. Meer van hetzelfde.
Meer van hetzelfde. Meer van hetzelfde. Meer van hetzelfde. Meer van het-
zelfde. Meer van hetzelfde. Meer van hetzelfde. Meer van hetzelfde. Meer
van hetzelfde. Meer van hetzelfde. Meer van hetzelfde. Meer van hetzelfde.
Meer van hetzelfde. Meer van hetzelfde. Meer van hetzelfde. Meer van het-
zelfde. Meer van hetzelfde. Meer van hetzelfde. Meer van hetzelfde. Meer

van hetzelfde. Meer van hetzelfde.

Meer van hetzelfde. Meer van hetzelfde.

Meer van hetzelfde. Meer van hetzelfde.

Meer van hetzelfde. Meer van hetzelfde. Meer van hetzelfde. Meer van hetzelfde. Meer van hetzelfde. Meer van hetzelfde. Meer van hetzelfde. Meer van hetzelfde. Meer van hetzelfde.

Meer van hetzelfde. Meer van hetzelfde.

Hoofdstuk V

Meer van hetzelfde. Meer van hetzelfde. Meer van hetzelfde. Meer van hetzelfde. Meer van hetzelfde. Meer van hetzelfde. Meer van hetzelfde. Meer van hetzelfde. Meer van hetzelfde. Meer van hetzelfde. Meer van hetzelfde. Meer van hetzelfde. Meer van hetzelfde. Meer van hetzelfde. Meer van hetzelfde. Meer van hetzelfde. Meer van hetzelfde. Meer van hetzelfde.

Meer van hetzelfde. Meer van hetzelfde.

Meer van hetzelfde. Meer van het-

zelfde. Meer van hetzelfde.

Meer van hetzelfde. Meer van hetzelfde.
Meer van hetzelfde.

Meer van hetzelfde. Meer van het-
zelfde. Meer van hetzelfde. Meer van hetzelfde. Meer van hetzelfde. Meer

van hetzelfde. Meer van hetzelfde. Meer van hetzelfde. Meer van hetzelfde.
Meer van hetzelfde. Meer van hetzelfde. Meer van hetzelfde. Meer van het-
zelfde. Meer van hetzelfde. Meer van hetzelfde. Meer van hetzelfde. Meer
van hetzelfde. Meer van hetzelfde. Meer van hetzelfde. Meer van hetzelfde.
Meer van hetzelfde. Meer van hetzelfde. Meer van hetzelfde. Meer van het-
zelfde. Meer van hetzelfde. Meer van hetzelfde. Meer van hetzelfde. Meer
van hetzelfde. Meer van hetzelfde. Meer van hetzelfde. Meer van hetzelfde.
Meer van hetzelfde. Meer van hetzelfde. Meer van hetzelfde. Meer van het-
zelfde. Meer van hetzelfde. Meer van hetzelfde. Meer van hetzelfde. Meer
van hetzelfde. Meer van hetzelfde. Meer van hetzelfde. Meer van hetzelfde.
Meer van hetzelfde. Meer van hetzelfde. Meer van hetzelfde. Meer van het-
zelfde. Meer van hetzelfde. Meer van hetzelfde. Meer van hetzelfde. Meer
van hetzelfde. Meer van hetzelfde. Meer van hetzelfde. Meer van hetzelfde.
Meer van hetzelfde. Meer van hetzelfde. Meer van hetzelfde. Meer van het-
zelfde. Meer van hetzelfde. Meer van hetzelfde. Meer van hetzelfde. Meer
van hetzelfde. Meer van hetzelfde. Meer van hetzelfde. Meer van hetzelfde.
Meer van hetzelfde. Meer van hetzelfde. Meer van hetzelfde. Meer van het-
zelfde. Meer van hetzelfde. Meer van hetzelfde. Meer van hetzelfde. Meer
van hetzelfde. Meer van hetzelfde. Meer van hetzelfde. Meer van hetzelfde.
Meer van hetzelfde. Meer van hetzelfde. Meer van hetzelfde. Meer van het-
zelfde. Meer van hetzelfde. Meer van hetzelfde. Meer van hetzelfde. Meer
van hetzelfde. Meer van hetzelfde.
Meer van hetzelfde. Meer van hetzelfde. Meer van hetzelfde. Meer van het-
zelfde. Meer van hetzelfde. Meer van hetzelfde. Meer van hetzelfde. Meer
van hetzelfde. Meer van hetzelfde. Meer van hetzelfde. Meer van hetzelfde.
Meer van hetzelfde. Meer van hetzelfde. Meer van hetzelfde. Meer van het-
zelfde. Meer van hetzelfde. Meer van hetzelfde. Meer van hetzelfde. Meer
van hetzelfde. Meer van hetzelfde. Meer van hetzelfde. Meer van hetzelfde.
Meer van hetzelfde. Meer van hetzelfde. Meer van hetzelfde. Meer van het-
zelfde. Meer van hetzelfde. Meer van hetzelfde. Meer van hetzelfde. Meer
van hetzelfde. Meer van hetzelfde. Meer van hetzelfde. Meer van hetzelfde.
Meer van hetzelfde. Meer van hetzelfde. Meer van hetzelfde. Meer van het-
zelfde. Meer van hetzelfde. Meer van hetzelfde. Meer van hetzelfde. Meer
van hetzelfde. Meer van hetzelfde. Meer van hetzelfde. Meer van hetzelfde.
Meer van hetzelfde. Meer van hetzelfde. Meer van hetzelfde. Meer van het-
zelfde. Meer van hetzelfde. Meer van hetzelfde. Meer van hetzelfde. Meer
van hetzelfde. Meer van hetzelfde.
Meer van hetzelfde. Meer van hetzelfde. Meer van hetzelfde. Meer van het-
zelfde. Meer van hetzelfde. Meer van hetzelfde. Meer van hetzelfde. Meer
van hetzelfde. Meer van hetzelfde. Meer van hetzelfde. Meer van hetzelfde.
Meer van hetzelfde. Meer van hetzelfde. Meer van hetzelfde. Meer van het-
zelfde. Meer van hetzelfde. Meer van hetzelfde. Meer van hetzelfde. Meer

van hetzelfde. Meer van hetzelfde.

Meer van hetzelfde. Meer van hetzelfde.

Meer van hetzelfde. Meer van hetzelfde.

Meer van hetzelfde. Meer van hetzelfde. Meer van hetzelfde. Meer van het-
zelfde. Meer van hetzelfde. Meer van hetzelfde. Meer van hetzelfde. Meer

van hetzelfde. Meer van hetzelfde.

Meer van hetzelfde. Meer van hetzelfde.

Meer van hetzelfde. Meer van hetzelfde.

Meer van hetzelfde. Meer van hetzelfde.

Meer van hetzelfde. Meer van hetzelfde.

Meer van hetzelfde. Meer van hetzelfde.

Meer van hetzelfde. Meer van hetzelfde.

Meer van hetzelfde. Meer van hetzelfde.

Meer van hetzelfde. Meer van hetzelfde. Meer van hetzelfde. Meer van hetzelfde. Meer van hetzelfde. Meer van hetzelfde. Meer van hetzelfde. Meer van hetzelfde. Meer van hetzelfde. Meer van hetzelfde. Meer van hetzelfde. Meer van hetzelfde.

Meer van hetzelfde. Meer van hetzelfde.

Meer van hetzelfde. Meer van hetzelfde.

Meer van hetzelfde. Meer van hetzelfde.
Meer van hetzelfde.

Meer van hetzelfde. Meer van hetzelfde.
Meer van hetzelfde. Meer van hetzelfde.

Meer van hetzelfde. Meer van

hetzelfde. Meer van hetzelfde. Meer van hetzelfde. Meer van hetzelfde. Meer van hetzelfde. Meer van hetzelfde. Meer van hetzelfde. Meer van hetzelfde. Meer van hetzelfde. Meer van hetzelfde.

Meer van hetzelfde. Meer van hetzelfde.

Meer van hetzelfde. Meer van hetzelfde.

Meer van hetzelfde. Meer van hetzelfde.

Meer van hetzelfde. Meer van hetzelfde. Meer van hetzelfde. Meer van het-zelfde. Meer van hetzelfde. Meer van hetzelfde. Meer van hetzelfde. Meer van hetzelfde. Meer van hetzelfde. Meer van hetzelfde. Meer van hetzelfde. Meer

van hetzelfde. Meer van hetzelfde. Meer van hetzelfde. Meer van hetzelfde. Meer van hetzelfde. Meer van hetzelfde.
Meer van hetzelfde. Meer van hetzelfde.
Meer van hetzelfde. Meer

van hetzelfde. Meer van hetzelfde. Meer van hetzelfde. Meer van hetzelfde. Meer van hetzelfde. Meer van hetzelfde.

Meer van hetzelfde. Meer van hetzelfde.

Meer van hetzelfde. Meer van hetzelfde.

Meer van hetzelfde. Meer van het-

zelfde. Meer van hetzelfde.

Meer van hetzelfde. Meer van hetzelfde.

Meer van hetzelfde. Meer van hetzelfde.

Meer van hetzelfde. Meer

van hetzelfde. Meer van hetzelfde. Meer van hetzelfde. Meer van hetzelfde. Meer van hetzelfde. Meer van hetzelfde.

Meer van hetzelfde. Meer van hetzelfde.

Meer van hetzelfde. Meer van hetzelfde.

Meer van hetzelfde. Meer van hetzelfde.

Meer van hetzelfde. Meer van hetzelfde.

Meer van hetzelfde. Meer van het-

zelfde. Meer van hetzelfde. Meer van hetzelfde. Meer van hetzelfde. Meer van
hetzelfde. Meer van hetzelfde. Meer van hetzelfde. Meer van hetzelfde. Meer
van hetzelfde. Meer van hetzelfde. Meer van hetzelfde. Meer van hetzelfde.
Meer van hetzelfde. Meer van hetzelfde. Meer van hetzelfde. Meer van het-
zelfde. Meer van hetzelfde. Meer van hetzelfde. Meer van hetzelfde. Meer van
hetzelfde. Meer van hetzelfde. Meer van hetzelfde. Meer van hetzelfde. Meer
van hetzelfde. Meer van hetzelfde. Meer van hetzelfde. Meer van hetzelfde.
Meer van hetzelfde. Meer van hetzelfde.

Meer van hetzelfde. Meer van hetzelfde. Meer van hetzelfde. Meer van het-
zelfde. Meer van hetzelfde. Meer van hetzelfde. Meer van hetzelfde. Meer
van hetzelfde. Meer van hetzelfde. Meer van hetzelfde. Meer van hetzelfde.
Meer van hetzelfde. Meer van hetzelfde. Meer van hetzelfde. Meer van het-
zelfde. Meer van hetzelfde. Meer van hetzelfde. Meer van hetzelfde. Meer
van hetzelfde. Meer van hetzelfde. Meer van hetzelfde. Meer van hetzelfde.
Meer van hetzelfde. Meer van hetzelfde. Meer van hetzelfde. Meer van het-
zelfde. Meer van hetzelfde. Meer van hetzelfde. Meer van hetzelfde. Meer van
hetzelfde. Meer van hetzelfde. Meer van hetzelfde. Meer van hetzelfde. Meer
van hetzelfde. Meer van hetzelfde. Meer van hetzelfde. Meer van hetzelfde.
Meer van hetzelfde.

Meer van hetzelfde. Meer van hetzelfde. Meer van hetzelfde. Meer van het-
zelfde. Meer van hetzelfde. Meer van hetzelfde. Meer van hetzelfde. Meer
van hetzelfde. Meer van hetzelfde. Meer van hetzelfde. Meer van hetzelfde.
Meer van hetzelfde. Meer van hetzelfde. Meer van hetzelfde. Meer van het-
zelfde. Meer van hetzelfde. Meer van hetzelfde. Meer van hetzelfde. Meer
van hetzelfde. Meer van hetzelfde.

Meer van hetzelfde. Meer van hetzelfde. Meer van hetzelfde. Meer van het-
zelfde. Meer van hetzelfde. Meer van hetzelfde. Meer van hetzelfde. Meer
van hetzelfde. Meer van hetzelfde. Meer van hetzelfde. Meer van hetzelfde.
Meer van hetzelfde. Meer van hetzelfde. Meer van hetzelfde. Meer van het-
zelfde. Meer van hetzelfde. Meer van hetzelfde. Meer van hetzelfde. Meer
van hetzelfde. Meer van hetzelfde. Meer van hetzelfde. Meer van hetzelfde.
Meer van hetzelfde. Meer van hetzelfde. Meer van hetzelfde. Meer van het-
zelfde. Meer van hetzelfde. Meer van hetzelfde. Meer van hetzelfde. Meer
van hetzelfde. Meer van hetzelfde. Meer van hetzelfde. Meer van hetzelfde.
Meer van hetzelfde. Meer van hetzelfde. Meer van hetzelfde. Meer van het-
zelfde. Meer van hetzelfde. Meer van hetzelfde. Meer van hetzelfde. Meer
van hetzelfde. Meer van hetzelfde. Meer van hetzelfde. Meer van hetzelfde.
Meer van hetzelfde. Meer van hetzelfde. Meer van hetzelfde. Meer van het-
zelfde. Meer van hetzelfde. Meer van hetzelfde. Meer van hetzelfde. Meer

van hetzelfde. Meer van hetzelfde.

Meer van hetzelfde. Meer van hetzelfde.

Meer van hetzelfde. Meer van het-

zelfde. Meer van hetzelfde.

Meer van hetzelfde. Meer van hetzelfde.

Meer van hetzelfde. Meer van hetzelfde.

Meer van hetzelfde. Meer van hetzelfde.

Meer van hetzelfde. Meer

van hetzelfde. Meer van hetzelfde. Meer van hetzelfde. Meer van hetzelfde.
Meer van hetzelfde. Meer van hetzelfde. Meer van hetzelfde. Meer van het-
zelfde. Meer van hetzelfde. Meer van hetzelfde. Meer van hetzelfde. Meer
van hetzelfde. Meer van hetzelfde. Meer van hetzelfde. Meer van hetzelfde.
Meer van hetzelfde.

Meer van hetzelfde. Meer van hetzelfde. Meer van hetzelfde. Meer van het-
zelfde. Meer van hetzelfde. Meer van hetzelfde. Meer van hetzelfde. Meer
van hetzelfde. Meer van hetzelfde. Meer van hetzelfde. Meer van hetzelfde.
Meer van hetzelfde. Meer van hetzelfde. Meer van hetzelfde. Meer van het-
zelfde. Meer van hetzelfde. Meer van hetzelfde. Meer van hetzelfde. Meer
van hetzelfde. Meer van hetzelfde. Meer van hetzelfde. Meer van hetzelfde.
Meer van hetzelfde. Meer van hetzelfde. Meer van hetzelfde. Meer van het-
zelfde. Meer van hetzelfde. Meer van hetzelfde. Meer van hetzelfde. Meer
van hetzelfde. Meer van hetzelfde. Meer van hetzelfde. Meer van hetzelfde.
Meer van hetzelfde. Meer van hetzelfde. Meer van hetzelfde. Meer van het-
zelfde. Meer van hetzelfde. Meer van hetzelfde. Meer van hetzelfde. Meer
van hetzelfde. Meer van hetzelfde. Meer van hetzelfde. Meer van hetzelfde.
Meer van hetzelfde. Meer van hetzelfde. Meer van hetzelfde. Meer van het-
zelfde. Meer van hetzelfde. Meer van hetzelfde. Meer van hetzelfde. Meer
van hetzelfde. Meer van hetzelfde. Meer van hetzelfde. Meer van hetzelfde.
Meer van hetzelfde.

Hoofdstuk VI

Meer van hetzelfde. Meer van hetzelfde.

Meer van hetzelfde. Meer van het-

95

zelfde. Meer van hetzelfde.

Meer van hetzelfde. Meer van hetzelfde.

Meer van hetzelfde. Meer

van hetzelfde. Meer van hetzelfde.

Meer van hetzelfde. Meer van hetzelfde.

Meer van hetzelfde. Meer van hetzelfde.
Meer van hetzelfde

Meer van hetzelfde. Meer

van hetzelfde. Meer van hetzelfde.

Meer van hetzelfde. Meer van hetzelfde.

Meer van hetzelfde. Meer van hetzelfde. Meer van hetzelfde. Meer van hetzelfde. Meer van hetzelfde. Meer van hetzelfde. Meer van hetzelfde. Meer van hetzelfde. Meer van hetzelfde. Meer van hetzelfde. Meer van hetzelfde. Meer van hetzelfde. Meer van hetzelfde. Meer van hetzelfde. Meer van hetzelfde. Meer van het-

zelfde. Meer van hetzelfde.

Meer van hetzelfde. Meer van hetzelfde. Meer van hetzelfde. Meer van hetzelfde. Meer van hetzelfde. Meer van hetzelfde. Meer van hetzelfde. Meer van hetzelfde. Meer van hetzelfde. Meer van hetzelfde. Meer van hetzelfde. Meer van hetzelfde. Meer van hetzelfde. Meer van hetzelfde. Meer van hetzelfde. Meer van het-

van hetzelfde. Meer van hetzelfde.

Meer van hetzelfde. Meer van hetzelfde.

Meer van hetzelfde. Meer van hetzelfde.

Meer van hetzelfde. Meer van hetzelfde. Meer van hetzelfde. Meer van hetzelfde. Meer van hetzelfde. Meer van hetzelfde. Meer van hetzelfde. Meer van hetzelfde. Meer van hetzelfde. Meer van hetzelfde. Meer van hetzelfde. Meer van hetzelfde. Meer van hetzelfde.

Meer van hetzelfde. Meer van hetzelfde. Meer van hetzelfde. Meer van hetzelfde. Meer van hetzelfde. Meer van hetzelfde. Meer van hetzelfde. Meer van hetzelfde. Meer van hetzelfde. Meer van hetzelfde. Meer van hetzelfde. Meer van hetzelfde. Meer van hetzelfde. Meer van hetzelfde. Meer van hetzelfde. Meer van hetzelfde. Meer van hetzelfde. Meer van hetzelfde. Meer

van hetzelfde. Meer van hetzelfde.

Meer van hetzelfde. Meer van hetzelfde.

Meer van hetzelfde. Meer van hetzelfde. Meer van hetzelfde. Meer van hetzelfde. Meer van hetzelfde. Meer van hetzelfde. Meer van hetzelfde. Meer van hetzelfde. Meer van hetzelfde. Meer van hetzelfde. Meer van hetzelfde. Meer van hetzelfde. Meer van hetzelfde. Meer van hetzelfde. Meer van hetzelfde. Meer van hetzelfde. Meer van hetzelfde. Meer van hetzelfde. Meer van hetzelfde. Meer van hetzelfde.

van hetzelfde. Meer van hetzelfde.

Meer van hetzelfde. Meer van hetzelfde.

Meer van hetzelfde. Meer van hetzelfde.

Meer van hetzelfde. Meer

van hetzelfde. Meer van hetzelfde.

Meer van hetzelfde. Meer van hetzelfde.

Meer van hetzelfde. Meer van hetzelfde.

Meer van hetzelfde. Meer van hetzelfde. Meer van hetzelfde. Meer van het- zelfde. Meer van hetzelfde. Meer van hetzelfde. Meer van hetzelfde. Meer van hetzelfde. Meer van hetzelfde. Meer van hetzelfde. Meer van hetzelfde. Meer van hetzelfde. Meer van hetzelfde. Meer van hetzelfde. Meer van het- zelfde. Meer van hetzelfde. Meer van hetzelfde. Meer van hetzelfde. Meer van hetzelfde. Meer van hetzelfde. Meer van hetzelfde. Meer van hetzelfde. Meer van hetzelfde. Meer van hetzelfde. Meer van hetzelfde. Meer van het- zelfde. Meer van hetzelfde. Meer van hetzelfde. Meer van hetzelfde. Meer van hetzelfde. Meer van hetzelfde. Meer van hetzelfde. Meer van hetzelfde. Meer van hetzelfde. Meer van hetzelfde. Meer van hetzelfde. Meer van het- zelfde. Meer van hetzelfde. Meer van hetzelfde. Meer van hetzelfde. Meer van hetzelfde. Meer van hetzelfde. Meer van hetzelfde. Meer van hetzelfde. Meer van hetzelfde. Meer van het-

zelfde. Meer van hetzelfde.

Meer van hetzelfde. Meer van hetzelfde.

Meer van hetzelfde. Meer van hetzelfde.
Meer van hetzelfde.

Meer van hetzelfde. Meer van hetzelfde. Meer van hetzelfde. Meer van hetzelfde. Meer van hetzelfde. Meer van hetzelfde. Meer van hetzelfde. Meer van hetzelfde. Meer van hetzelfde. Meer van hetzelfde. Meer van hetzelfde. Meer van hetzelfde. Meer van hetzelfde. Meer van hetzelfde. Meer van hetzelfde. Meer van hetzelfde.

Meer van hetzelfde. Meer van hetzelfde.

Meer van hetzelfde. Meer van hetzelfde.

Meer van hetzelfde. Meer van hetzelfde. Meer van hetzelfde. Meer van hetzelfde. Meer van hetzelfde. Meer van hetzelfde. Meer van hetzelfde. Meer van hetzelfde. Meer van hetzelfde.

Meer van hetzelfde. Meer van hetzelfde. Meer van hetzelfde. Meer van hetzelfde. Meer van hetzelfde. Meer van hetzelfde. Meer van hetzelfde. Meer van hetzelfde. Meer van hetzelfde. Meer van hetzelfde. Meer van hetzelfde. Meer van hetzelfde.

Meer van hetzelfde. Meer van hetzelfde.

Meer van hetzelfde. Meer van hetzelfde. Meer van hetzelfde. Meer van hetzelfde. Meer van hetzelfde. Meer van hetzelfde. Meer van hetzelfde. Meer van hetzelfde. Meer van hetzelfde. Meer van hetzelfde. Meer van hetzelfde. Meer van hetzelfde. Meer van hetzelfde. Meer van hetzelfde. Meer van hetzelfde. Meer van hetzelfde. Meer van hetzelfde. Meer van hetzelfde.

Meer van hetzelfde. Meer van hetzelfde.

Meer van hetzelfde. Meer van hetzelfde.

Meer van hetzelfde. Meer van hetzelfde. Meer van hetzelfde. Meer van hetzelfde. Meer van hetzelfde. Meer van hetzelfde. Meer van hetzelfde. Meer van hetzelfde. Meer van hetzelfde. Meer van hetzelfde. Meer van hetzelfde. Meer van hetzelfde. Meer van hetzelfde. Meer van hetzelfde. Meer van hetzelfde. Meer van hetzelfde. Meer van hetzelfde. Meer van hetzelfde. Meer

van hetzelfde. Meer van hetzelfde.
Meer van hetzelfde. Meer van hetzelfde.
Meer van hetzelfde. Meer van hetzelfde
Meer van hetzelfde.
Meer van hetzelfde. Meer van hetzelfde. Meer van hetzelfde. Meer van hetzelfde. Meer van hetzelfde. Meer van hetzelfde. Meer van hetzelfde. Meer van hetzelfde. Meer van hetzelfde. Meer van hetzelfde. Meer van hetzelfde. Meer van hetzelfde. Meer van hetzelfde. Meer van hetzelfde. Meer van hetzelfde. Meer van hetzelfde. Meer van hetzelfde. Meer van hetzelfde.

Meer van hetzelfde. Meer van hetzelfde.

Meer van hetzelfde. Meer van hetzelfde.

Meer van hetzelfde. Meer van hetzelfde.

Meer van hetzelfde. Meer van hetzelfde. Meer van hetzelfde. Meer van het-
zelfde. Meer van hetzelfde. Meer van hetzelfde. Meer van hetzelfde. Meer
van hetzelfde. Meer van hetzelfde. Meer van hetzelfde. Meer van hetzelfde.
Meer van hetzelfde. Meer van hetzelfde. Meer van hetzelfde. Meer van het-
zelfde. Meer van hetzelfde. Meer van hetzelfde. Meer van hetzelfde. Meer
van hetzelfde. Meer van hetzelfde.
Meer van hetzelfde. Meer van hetzelfde. Meer van hetzelfde. Meer van het-
zelfde. Meer van hetzelfde. Meer van hetzelfde. Meer van hetzelfde. Meer
van hetzelfde. Meer van hetzelfde. Meer van hetzelfde. Meer van hetzelfde.
Meer van hetzelfde. Meer van hetzelfde. Meer van hetzelfde. Meer van het-
zelfde. Meer van hetzelfde. Meer van hetzelfde. Meer van hetzelfde. Meer
van hetzelfde. Meer van hetzelfde.
Meer van hetzelfde. Meer van hetzelfde. Meer van hetzelfde. Meer van het-
zelfde. Meer van hetzelfde. Meer van hetzelfde. Meer van hetzelfde. Meer
van hetzelfde. Meer van hetzelfde. Meer van hetzelfde. Meer van hetzelfde.
Meer van hetzelfde. Meer van hetzelfde. Meer van hetzelfde. Meer van het-
zelfde. Meer van hetzelfde. Meer van hetzelfde. Meer van hetzelfde. Meer
van hetzelfde. Meer van hetzelfde. Meer van hetzelfde. Meer van hetzelfde.
Meer van hetzelfde. Meer van hetzelfde. Meer van hetzelfde. Meer van het-
zelfde. Meer van hetzelfde. Meer van hetzelfde. Meer van hetzelfde. Meer
van hetzelfde. Meer van hetzelfde. Meer van hetzelfde. Meer van hetzelfde.
Meer van hetzelfde. Meer van hetzelfde. Meer van hetzelfde. Meer van het-
zelfde. Meer van hetzelfde. Meer van hetzelfde. Meer van hetzelfde. Meer
van hetzelfde. Meer van hetzelfde. Meer van hetzelfde. Meer van hetzelfde.
Meer van hetzelfde. Meer van hetzelfde. Meer van hetzelfde. Meer van het-
zelfde. Meer van hetzelfde. Meer van hetzelfde. Meer van hetzelfde. Meer
van hetzelfde. Meer van hetzelfde.
Meer van hetzelfde. Meer van hetzelfde. Meer van hetzelfde. Meer van het-
zelfde. Meer van hetzelfde. Meer van hetzelfde. Meer van hetzelfde. Meer
van hetzelfde. Meer van hetzelfde. Meer van hetzelfde. Meer van hetzelfde.
Meer van hetzelfde. Meer van hetzelfde. Meer van hetzelfde. Meer van het-
zelfde. Meer van hetzelfde. Meer van hetzelfde. Meer van hetzelfde. Meer
van hetzelfde. Meer van hetzelfde. Meer van hetzelfde. Meer van hetzelfde.
Meer van hetzelfde. Meer van hetzelfde. Meer van hetzelfde. Meer van het-
zelfde. Meer van hetzelfde. Meer van hetzelfde. Meer van hetzelfde. Meer
van hetzelfde. Meer van hetzelfde. Meer van hetzelfde. Meer van hetzelfde.
Meer van hetzelfde. Meer van hetzelfde.
Meer van hetzelfde. Meer van hetzelfde. Meer van hetzelfde. Meer van het-
zelfde. Meer van hetzelfde. Meer van hetzelfde. Meer van hetzelfde. Meer

van hetzelfde. Meer van hetzelfde.

Meer van hetzelfde. Meer van hetzelfde. Meer van hetzelfde. Meer van hetzelfde. Meer van hetzelfde. Meer van hetzelfde. Meer van hetzelfde. Meer van hetzelfde. Meer van hetzelfde. Meer van hetzelfde. Meer van hetzelfde. Meer van hetzelfde. Meer van hetzelfde. Meer van hetzelfde. Meer van hetzelfde. Meer van hetzelfde.

Meer van hetzelfde. Meer van hetzelfde.

Hoofdstuk VII

Meer van hetzelfde. Meer van het-zelfde. Meer van het-zelfde. Meer van hetzelfde. Meer van hetzelfde. Meer van hetzelfde. Meer van hetzelfde. Meer van hetzelfde. Meer van hetzelfde. Meer van hetzelfde. Meer van hetzelfde. Meer van hetzelfde. Meer van hetzelfde. Meer van hetzelfde. Meer van hetzelfde. Meer van hetzelfde.

Meer van hetzelfde. Meer van hetzelfde. Meer van hetzelfde. Meer van het-zelfde. Meer van hetzelfde. Meer van hetzelfde. Meer van hetzelfde. Meer van hetzelfde. Meer van hetzelfde. Meer van hetzelfde. Meer van hetzelfde. Meer van hetzelfde. Meer van hetzelfde. Meer van hetzelfde. Meer van hetzelfde. Meer van hetzelfde. Meer van hetzelfde. Meer van hetzelfde.

Meer van hetzelfde. Meer van hetzelfde. Meer van hetzelfde. Meer van het-zelfde. Meer van hetzelfde. Meer van hetzelfde. Meer van hetzelfde. Meer van hetzelfde. Meer van hetzelfde. Meer van hetzelfde. Meer van hetzelfde. Meer van hetzelfde. Meer van hetzelfde. Meer van hetzelfde. Meer van het-zelfde. Meer van hetzelfde. Meer van hetzelfde. Meer van hetzelfde. Meer

van hetzelfde. Meer van hetzelfde.

Meer van hetzelfde. Meer van hetzelfde.

Meer van hetzelfde. Meer van hetzelfde.

Meer van hetzelfde. Meer van hetzelfde. Meer van hetzelfde. Meer van het-
zelfde. Meer van hetzelfde. Meer van hetzelfde. Meer van hetzelfde. Meer
van hetzelfde. Meer van hetzelfde. Meer van hetzelfde. Meer van hetzelfde.
Meer van hetzelfde. Meer van hetzelfde. Meer van hetzelfde. Meer van het-
zelfde. Meer van hetzelfde. Meer van hetzelfde. Meer van hetzelfde. Meer
van hetzelfde. Meer van hetzelfde. Meer van hetzelfde. Meer van hetzelfde.
Meer van hetzelfde. Meer van hetzelfde. Meer van hetzelfde. Meer van het-
zelfde. Meer van hetzelfde. Meer van hetzelfde. Meer van hetzelfde. Meer
van hetzelfde. Meer van hetzelfde. Meer van hetzelfde. Meer van hetzelfde.
Meer van hetzelfde. Meer van hetzelfde. Meer van hetzelfde. Meer van het-
zelfde. Meer van hetzelfde. Meer van hetzelfde. Meer van hetzelfde. Meer
van hetzelfde. Meer van hetzelfde. Meer van hetzelfde. Meer van hetzelfde.
Meer van hetzelfde. Meer van hetzelfde. Meer van hetzelfde. Meer van het-
zelfde. Meer van hetzelfde. Meer van hetzelfde. Meer van hetzelfde. Meer
van hetzelfde. Meer van hetzelfde. Meer van hetzelfde. Meer van hetzelfde.
Meer van hetzelfde. Meer van hetzelfde. Meer van hetzelfde. Meer van het-
zelfde. Meer van hetzelfde. Meer van hetzelfde. Meer van hetzelfde. Meer van
hetzelfde. Meer van hetzelfde. Meer van hetzelfde. Meer van hetzelfde. Meer
van hetzelfde. Meer van hetzelfde. Meer van hetzelfde. Meer van hetzelfde.
Meer van hetzelfde.
Meer van hetzelfde. Meer van hetzelfde. Meer van hetzelfde. Meer van het-
zelfde. Meer van hetzelfde. Meer van hetzelfde. Meer van hetzelfde. Meer
van hetzelfde. Meer van hetzelfde. Meer van hetzelfde. Meer van hetzelfde.
Meer van hetzelfde. Meer van hetzelfde. Meer van hetzelfde. Meer van het-
zelfde. Meer van hetzelfde. Meer van hetzelfde. Meer van hetzelfde. Meer
van hetzelfde. Meer van hetzelfde. Meer van hetzelfde. Meer van hetzelfde.
Meer van hetzelfde. Meer van hetzelfde. Meer van hetzelfde. Meer van het-
zelfde. Meer van hetzelfde. Meer van hetzelfde. Meer van hetzelfde. Meer
van hetzelfde. Meer van hetzelfde. Meer van hetzelfde. Meer van hetzelfde.
Meer van hetzelfde. Meer van hetzelfde. Meer van hetzelfde. Meer van het-
zelfde. Meer van hetzelfde. Meer van hetzelfde. Meer van hetzelfde. Meer
van hetzelfde. Meer van hetzelfde. Meer van hetzelfde. Meer van hetzelfde.
Meer van hetzelfde. Meer van hetzelfde. Meer van hetzelfde. Meer van het-
zelfde. Meer van hetzelfde. Meer van hetzelfde. Meer van hetzelfde. Meer
van hetzelfde. Meer van hetzelfde. Meer van hetzelfde. Meer van hetzelfde.
Meer van hetzelfde. Meer van hetzelfde. Meer van hetzelfde. Meer van het-
zelfde. Meer van hetzelfde. Meer van hetzelfde. Meer van hetzelfde. Meer
van hetzelfde. Meer van hetzelfde. Meer van hetzelfde. Meer van hetzelfde.
Meer van hetzelfde. Meer van hetzelfde. Meer van hetzelfde. Meer van het-

zelfde. Meer van hetzelfde.

Meer van hetzelfde. Meer van hetzelfde.

Meer van hetzelfde. Meer

van hetzelfde. Meer van hetzelfde.

Meer van hetzelfde. Meer van hetzelfde.

Meer van hetzelfde. Meer van het-

zelfde. Meer van hetzelfde.

Meer van hetzelfde. Meer van hetzelfde.

www.ingramcontent.com/pod-product-compliance
Lightning Source LLC
Chambersburg PA
CBHW031843170626
46807CB00004B/1593